大中原
대중원

FANTASTIC ORIENTAL HEROES

임영기 新무협 판타지 소설

대증원 1

임영기 新무협 판타지 소설

초판 1쇄 찍은 날 § 2011년 2월 24일
초판 1쇄 펴낸 날 § 2011년 3월 2일

지은이 § 임영기
펴낸이 § 서경석

총괄팀장 § 유경화
편집 § 주소영

펴낸곳 § 도서출판 청어람
등록번호 § 제1081-1-89호
등록일자 § 1999. 5. 31
어람번호 § 제2-2053호

주소 § 경기도 부천시 원미구 심곡2동 163-2 서경B/D 3F (우) 420-822
전화 § 032-656-4452 팩스 § 032-656-4453.
http://www.chungeoram.com
E-mail § chungeoram@chungeoram.com

ISBN 978-89-251-2441-4 04810
ISBN 978-89-251-2440-7 (세트)

대중원

FANTASTIC ORIENTAL HEROES

임영기 新무협 판타지 소설

大中原

1 경혼조(驚魂組)

도서출판 청어람

目次

第一章
변방행(邊方行)

大中原

천의맹(天義盟) 낙양총부(洛陽總部).

정파무림의 구백칠십팔 개 방, 문파를 관리, 감독, 지배하고 있는 최고 사령탑이다.

"천의십수(天義十首)의 판결을 발표하겠다."

천의맹 내에서 두 번째로 큰 전각인 천정각(天頂閣)에서 나직하며 근엄한 목소리가 흘러나왔다.

대전 안쪽에는 열 명의 인물이 일렬로 나란히 앉아 있고, 그들의 앞엔 한 사람이 열 명을 향해 마주 보고 우뚝 서 있다.

그들 열 명은 천의맹의 최고 지도자인 맹주(盟主) 바로 아래의 지위로 천의십수라고 하며 장로(長老) 격이다.

천의맹 내부나 무림에서 일어난 굵직한 여러 사건들을 의결, 심의하는 기구다.

천의십수는 오십대 중반에서 팔십여 세에 이르는 나이에 강호의 경험이 풍부하고, 일신의 무공이 절륜하며, 박학다식한 정파의 최고 명숙(名宿)들로 이루어져 있다.

천의십수 앞에 혼자 마주 서 있는 사람은 이십오륙 세 정도의 청삼을 입은 청년이다.

육 척의 큰 키와 우람하게 딱 벌어진 어깨, 잘록한 허리와 유난히 긴 두 팔과 다리를 지녔다.

전체적으로는 마른 듯 후리후리한 체구지만 자세히 살펴보면 신체 어느 한 군데 다부지지 않은 곳이 없다.

얼굴 윤곽은 약간 갸름하며 반듯한 이마와 송충이처럼 짙고 새카만 눈썹을 지녔다.

크지도 작지도 않은 적당한 눈은 무심한 듯 깊게 가라앉아 있는데 눈빛이 매우 맑았다.

우뚝한 콧날과 붉고 두툼한 입술, 각진 턱, 코밑과 입 주위엔 파르라니 짧은 수염을 덥수룩하게 길렀다.

원래 수염을 기르지 않지만 석 달여간 뇌옥에 갇혀 있는 동안 길러진 수염이다.

청삼청년은 매우 잘생긴 준수한 용모는 아니지만, 한눈에 보기에도 패도적인 용맹함과 굴강한 기백이 엿보이는 사내다운 얼굴이며 분위기를 풍기고 있다.

그때 천의십수 중 한가운데 앉은 수령(首領) 태극선옹(太極仙翁)이 가슴께에 이르는 흰 수염을 쓰다듬으며 혼자 서 있는 청년에게 물었다.

"석 달 전 중추절(仲秋節) 다음날에 벌어졌던 산동성(山東省) 승화문(勝華門) 멸문 사건의 진범으로 지목된 청룡검대주(青龍劍隊主) 진검룡(秦劍龍)은 판결에 앞서 마지막으로 할 말이 있는가?"

정파무림의 기둥인 천의맹보다 더 유명한 존재가 바로 천의사신(天義四神)이다.

청룡검신(青龍劍神).

백호도신(白虎刀神).

주작편신(朱雀鞭神).

현무창신(玄武槍神).

그들 네 명 천의사신은 사실 천의맹의 핵심이며 자체라고도 할 수 있다.

천의사신이 이끌고 있는 천의사대(天義四隊), 즉 청룡검대(青龍劍隊), 백호도대(白虎刀隊), 주작편대(朱雀鞭隊), 현무창대(玄武槍隊)가 천하무림에서 벌어지는 수많은 분쟁과 사건들을 직접 처리하는 집행부(執行部)이기 때문이다.

천의사대는 정파무림의 법(法)을 수호하는 집행자다.

천의사대의 우두머리들이 바로 천의사신이고, 그들 네 사람은 당금 천하무림에서 가장 유명하고 또 가장 존경받으며 또한 가장 고강한 네 명의 절대자(絶對者)로 군림하고 있다.

지금 천의십수 앞에 천신처럼 우뚝 서 있는 청삼청년은 천의사신의 첫째인 청룡검대주 청룡검신인 것이다.

"없습니다."

심판대에 선 청룡검신 진검룡은 짧고 간명하게 대답했다.

문득 태극선옹이 안타까운 표정을 지었다.

"청룡검대주는 어이해 그 사건에 대해서는 처음부터 줄곧 함구하고 있는 겐가? 최소한 자네가 승화문의 고수 백칠십오 명을 무참하게 살해한 이유에 대해서는 변명이라도 해야 하지 않겠는가? 그 변명이 자네에게 유리할 수도 있네."

천의십수의 시선이 일제히 진검룡에게 집중되었다.

하지만 그들은 지난 석 달 동안 뇌옥에 갇혀서 온갖 심문을 받으면서도 줄곧 입을 다물고 있었던 진검룡이 이제 와서 입을 열 것이라고는 기대하지 않았다.

역시 진검룡은 정면을 똑바로 응시하면서 굳게 입을 다문 채 아무 말도 하지 않았다.

태극선옹은 보일 듯 말 듯 나직이 한숨을 내쉰 후에 위엄있고 조용한 어조로 입을 열었다.

"무려 백칠십오 명을 자신의 독문검법(獨門劍法)으로 무참히 살해한 악질적인 죄로 봐서는 처형이 마땅하지만, 그동안에 쌓은 수많은 공로(功勞)와 업적을 참작하여 청룡검대주 진검룡에게 지방외천(地方外遷)을 명한다."

지방외천이라니, 처형보다 더한 판결이다. 그러나 판결을 듣고 있는 진검룡의 표정은 추호도 변함이 없다.

태극선옹은 한 통의 첩지(帖紙)를 가볍게 손가락으로 툭 튕겼다.

첩지는 마치 실에 묶인 듯 수평으로 똑바로 날아가서 진검룡 앞에 뚝 멈추었다.

첩지를 받아 든 진검룡은 가볍게 고개를 숙였다.

"명을 받듭니다."

진검룡이 판결을 순순히 받아들이는 것을 보고 천의십수는 복잡한 표정을 지었다.

천의맹 휘하 구백칠십팔 개 방, 문파 삼십만 명의 생살여탈권(生殺與奪權)을 쥐고 있던 절대자의 지위에서 한순간에 지방으로의 외천.

그것은 천상(天上)에서 지옥(地獄)으로 급전직하 추락을 했다고 해도 과언이 아니다.

저벅저벅.

그러나 진검룡은 몸을 돌려 대전 입구를 향해 규칙적인 걸음으로 성큼성큼 걸어갔다.

천의십수 열 쌍의 시선이 진검룡의 뒷모습에 고정되었다.

방금 절대자의 지위에서 추락한 진검룡의 뒷모습은 조금도 위축되어 보이지 않았다.

사실 청룡검신 진검룡은 천의맹 내에서나 천하무림에서 맹주나 그 어떤 인물보다도 여러 면에서 훨씬 더 유명한 인물이다.

　더 이상 오를 데가 없을 정도의 경지에 이른 입신(入神)의 절세무공.

　하루 종일 불과 세 마디 말조차 하지 않는 과묵함.

　어느 누구도 흉내조차 내지 못할 공평무사함과 정의심.

　도무지 그 마음속과 깊이를 알 수 없는 무정(無情)과 무심(無心), 무표정(無表情).

　악과 불의를 원수보다 더 증오하는 잔인함.

　그 밖에도 진검룡을 천의맹의 신비스러운 실질적 제일인자로 만들어준 것들은 무수히 많다.

　진검룡은 천의맹 총부를 떠나지만, 그가 남겨놓은 여운과 흔적은 상상하는 것 이상으로 클 것이다.

　천정각을 나선 진검룡은 돌계단 아래에서 걸음을 멈추고 손에 쥐고 있던 첩지를 열었다.

　—운남성(雲南省) 곤명지부(昆明支部) 휘하 진원분타(鎭沅分陀)의 조장(組長)으로 발령한다. 지금 즉시 출발하라.

　대륙의 최남단 변방인 운남성.

　거기에서도 벽촌인 진원분타 같은 곳의 조장 지위를 천의맹 낙양총부에서 임명한 예는 일찍이 단 한 차례도 없었다.

*　　　*　　　*

정오 무렵.

낙양성에서 남쪽으로 곧게 뻗어 있는 관도의 야트막한 언덕 위에 세 사람이 모여 서 있다.

셋 모두 청삼을 입었으며, 이십대 중반에서 삼십대 초반의 나이인데, 그중 한 명은 여자다.

그들은 천의맹 청룡검대의 세 명의 부대주(副隊主)다.

그들이 입고 있는 청삼의 앞면에는 짙은 색의 수실로 양손에 쌍검을 움켜쥐고 입에 여의주(如意珠)를 문 한 마리 청룡이 승천하는 그림이 수놓아져 있다.

그것은 천의맹 청룡검대 휘하에 소속된 고수들을 나타내는 징표다.

정파무림에서는 오직 그들만 청룡이 수놓인 청삼이나 청의경장을 입을 수 있다.

다른 사람들이 입는 것은 신성모독(神聖冒瀆)이다. 그러나 무림인들은 입으라고 해도 입지 않는다. 천의맹 천의사대에 대한 존경심의 표시이기 때문이다.

세 명의 부대주는 벌써 한 시진 반째 이곳에서 자신들의 직속상전인 청룡검대주 진검룡을 기다리고 있는 중이었다.

진검룡이 천의십수로부터 판결을 받은 것은 진시(辰時:아침 8시)다. 그 직후에 이들 세 명의 부대주는 이곳으로 달려왔던 것이다.

이들에게 진검룡은 하늘 같은, 아니, 뭐라고 설명하기 어려울 정도로 소중한 존재다.

이들을 청룡검대 부대주로 발탁하고 오늘날까지 키워준 사람이 진검룡이었다.

이들 세 사람, 즉 청룡삼혼(靑龍三魂)은 진검룡이 아무런 이유도 없이 그 자리에서 죽으라고 명령하면 기쁜 마음으로 그 즉시 자결을 할 정도로 그에 대해서는 맹목적인 충성심을 지니고 있다.

"어떻게 된 거지? 대주께서 아직 출발하지 않으신 것인가?"

그때 낙양성 쪽을 뚫어지게 보고 있던 구레나룻을 기른 귀혼(鬼魂)이 초조한 얼굴로 중얼거렸다.

"그럴 리가 없다. 대주께서 천정각을 나오신 즉시 남쪽으로 출발하시는 것을 내 눈으로 똑똑히 봤었다."

날카로운 인상에 뺨에 칼자국이 있는 잔혼(殘魂)이 걱정스러운 표정으로 말을 받았다.

"우리가 잘못 생각했어."

그때 관도의 남쪽을 바라보고 있던 유일한 홍일점(紅一點) 사혼(死魂)이 아미를 찌푸리며 입을 열었다.

이들 청룡삼혼에게는 공통점이 있다. 성격이나 습관, 얼굴 표정까지도 직속상전인 진검룡을 많이 닮았다는 사실이다.

"뭘 잘못 생각해?"

"대주께선 천의맹 내에서 기다리고 있던 세 명의 친구인 삼대주(三隊主)도 만나지 않고 떠나셨어. 그런데 우릴 만나고 가시겠어? 아마 다른 길로 가셨을 거야."

"그건 어떻게 알았지?"

"밥통. 수하들은 장식용으로 데리고 있어?"

그제야 귀혼과 잔혼은 사혼이 천의맹을 나서기 전에 수하들을 시켜서 진검룡이 삼대주를 만나는지 확인했다는 사실을 알았다.

"설마 했는데… 대주께서 우리까지도 만나기를 원하지 않으실 줄이야."

사혼의 얼굴에 서운함이 짙게 떠올랐다.

그러나 세 사람은 곧 진검룡의 성격이라면 충분히 그러고도 남음이 있을 것이라고 생각했다.

푸드득.

그때 파란 창공에서 전서구 한 마리가 세 사람을 향해서 수직으로 쏜살같이 날아 내렸다.

사혼의 수하들이 보낸 전서구는 사혼이 내민 팔에 날아 내렸다.

사혼은 전서구 발목에 매달린 가느다란 전통(傳筒)에서 돌

돌 말린 서찰을 꺼내 읽더니 잠시 후에 씁쓸한 표정을 지었
다.

"대주께선 이미 임여현(臨汝縣)을 지나셨어."

지금 이들이 있는 관도를 남쪽으로 따라서 가면 오십여 리
거리에 이양현(伊陽縣)이 나온다.

그런데 진검룡이 지나간 임여현은 이곳에서 서남쪽으로
육십여 리 거리에 있다.

그는 심복수하들이 이럴 줄 미리 예상하고 다른 길로 간 것
이 분명하다.

영리한 사혼은 이런 일이 있을 것을 예상하고 수하들을 풀
어서 진검룡의 행방을 추적했던 것이다.

청룡삼혼은 서로의 얼굴을 쳐다보았다. 어떤 은밀한 암시
가 오고 갔다.

"내가 가겠다."

먼저 잔혼이 말을 꺼냈다.

"너희 둘은 오늘 중요한 할 일이 있을 텐데?"

귀혼이 일깨워 주며 나섰다.

"대주의 임지(任地)까지 내가 암중에서 호위할 테니 이곳
의 일은 너희가 알아서 처리해 다오."

"대주의 임지가 어디인 줄은 모르지만 두 달이 걸릴 수도
있고 석 달이 걸릴 수도 있다. 귀혼, 너는 돌아온 후에 상부의
문책을 어떻게 감당할 테냐?"

"각오하고 있다."

귀혼이 그렇게까지 나오자 잔혼과 사혼의 얼굴에 불만이 역력하게 떠올랐다가 잠시 후에 마지못해서 승복했다.

"대주께서 어떤 곳에 부임하시는지 확실하게 보고 와라."

"행여 발각당하지 말고 잘 숨어서 호위해라."

잔혼과 사혼은 그런 당부로 아쉬움을 달랬다.

청룡검대 휘하에는 구백 명의 날고 기는 초일류고수들이 있다. 이들 청룡삼혼 각자의 휘하에 삼백 명씩 거느리고 있는 것이다.

천의사대는 해결하고 처리해야 할 일거리가 산적해 있는 상태다. 하루만 손을 놓고 있어도 엉망이 돼버리기 일쑤다.

귀혼이 자신의 일을 잔혼과 사혼에게 맡기고 가면 그만큼 두 사람의 일이 늘어난다.

이들은 진검룡의 임지가 어딘지 모른다. 단지 그가 처형당하지 않았으므로 어딘가로 외천됐을 것이라고만 추측하고 있을 뿐이다.

"간다."

귀혼은 그 말만 남겨놓고 남쪽으로 뻗은 관도를 쏘아낸 화살처럼 달려갔다.

귀혼이 아스라이 멀어지는 것을 바라보던 잔혼과 사혼은 이윽고 누가 먼저랄 것도 없이 진검룡이 있는 서남쪽을 향해 무릎을 꿇고 공손히 절을 올렸다.

"대주, 다시 뵈올 때까지 부디 옥체 보중하십시오."

오랫동안 땅에 이마를 대고 있는 두 사람의 눈에서 굵은 눈물이 뚝뚝 떨어지고 있었다.

*   *   *

진검룡은 지나온 길을 한 번도 뒤돌아보지 않았고, 낙양성을 떠난 이후 한 번도 쉬지 않았다.

행여 아는 얼굴을 만나면 번거로울까 봐 챙이 넓은 방갓을 깊숙이 눌러쓴 모습이다.

또한 경공을 전개하면 눈에 띌까 봐 말을 탔다. 편하고자 말을 이용하는 것이 아니라 한시바삐 낙양성에서 멀리 벗어나기 위해서다.

낙양성은 그의 유년기와 소년기, 그리고 청춘이 녹아 있는 곳이다.

임무 때문에 몇 달씩 낙양성을 떠나 있었던 적은 여러 차례 있었으나, 이렇게 완전히 떠나는 것은 처음이다.

밤이 길면 꿈이 많은 법이다. 그래서 낙양성을 멀리 벗어나면 번뇌도 자연히 끊어질 것이라 생각했다.

이제는 모든 것을 다 잊고 앞날만을 생각해야 한다. 과거는 뒤에 남겨두고 앞날을 사는 것이다.

천의맹에서 입었던 청룡검대주를 상징하는 앞뒤에 두 마

리 청룡이 수놓아진 청삼은 벗어놓고 지금은 평범한 흑의경장 차림이다.

두두두두—

한 시진 전에 임여현을 지난 이후에도 쉬지 않고 말을 달려와 보풍현(寶豊縣)을 눈앞에 두고 있다.

진검룡은 임무 때문에 천하 곳곳을 다녀봤으나 이번에 부임하게 될 운남성에는 가본 적이 없었다.

더구나 운남성의 성도인 곤명에서도 멀리 떨어진 진원이라는 곳은 어떤 곳인지 말조차 들어본 적이 없다.

그래도 상관이 없다. 새로운 삶은 새로운 곳에서 시작해야 하니까.

진검룡은 일부러 보풍현을 거치지 않고 밖으로 크게 우회해서 지나갔다가 다시 관도에 들어섰다.

그곳에서부터는 말을 천천히 몰아 걷는 것보다 서너 배 빠른 속도로 관도 가장자리를 가고 있는 중이었다.

그때 저만치 전방에 평범한 다루 겸 주루가 보였다. 이 층인데 길가에 탁자 여러 개를 내다 놓았다.

천의맹에서 아침 식사를 하지 않은 채 출발했으나 정오가 훨씬 지난 지금까지도 허기가 느껴지지 않았다.

온갖 생각으로 머릿속이 꽉 차 있고, 뻥 뚫린 가슴으로는 삭풍이 지나가고 있는데 허기가 느껴질 리가 없다.

그는 방갓을 조금 더 깊숙이 눌러쓰고 발뒤꿈치로 말의 양쪽 옆구리를 가볍게 툭 건드리자 말이 조금 더 잰걸음으로 가기 시작했다.

방갓 사이로 전방을 보자 밖에 내다 놓은 탁자에 세 무리가 앉아서 차를 마시거나 요기를 하고 있는데 다들 모르는 얼굴들이다.

하긴, 진검룡은 얼굴을 드러내 놓고 다니는 편이 아니라서, 천의맹 총부 내의 사람이 아니고는 진면목을 알고 있는 사람이 극히 드물다.

그렇기 때문에 구태여 방갓까지 쓸 필요는 없었다. 하지만 사실은 사람들로부터 자신의 얼굴을 가리려는 것이 아니라, 진검룡 자신이 사람들을 보기가 싫었다. 그리고 눈에 익은 풍경들마저도.

특히 하늘을 보는 것이 싫었다. 정의도, 협의도 메말라 버린 구차스러운 하늘.

그가 주루를 오 장여 남겨놓았을 때 주루 안에서 낯익은 얼굴이 밖으로 나왔다.

그 얼굴, 아니, 그녀를 발견하는 순간 진검룡은 갑자기 마음이 더할 수 없이 무거워졌다.

그녀는 진검룡을 향해 곧장 마주 걸어오더니 다짜고짜 말고삐를 잡고 말을 멈춰 세웠다.

이어서 마상의 진검룡에게 공손히 포권지례를 해 보였다.

"대주, 소저께서 기다리고 계십니다."

진검룡은 암울한 눈빛으로 주루를 쳐다보았다.

"소저께서는 대주를 꼭 만나야지만 보내 드리겠다고 말씀하셨습니다."

여자는 진검룡의 마음을 읽었는지 말을 주루 쪽으로 이끌면서 방금 전보다 좀 더 강경한 어조로 말했다.

진검룡이 낙양성을 떠나는 것이 가장 힘든 이유가 바로 저기 주루 안에서 그를 기다리고 있는 한 명의 여인, 아니, 소녀 때문이다.

떠나는 것이 더 힘들어질까 봐 부디 그녀를 보지 않고 떠나게 되기를 빌었으나 현실은 그의 뜻대로 풀리지 않았다.

지금 진검룡이 탄 말의 고삐를 잡고 있는 여자는 그 소녀의 측근 호위를 맡고 있는 두 사람 중의 한 명으로 효령(曉玲)이라는 이름을 갖고 있다.

그녀는 천의맹 낙양총부 내에서 십대고수(十大高手)에 꼽히는 실력자다.

결자해지(結者解之). 결국 진검룡은 자신이 묶은 매듭을 자신의 손으로 풀고 가야겠다고 생각했다.

저벅저벅.

진검룡은 일부러 발자국 소리를 크게 내면서 이층 낭하를 걸어갔다.

그가 만나러 가고 있는 소녀의 숨소리와 심장 고동 소리가 앞쪽 세 번째 방 안에서 들려오고 있기 때문에 그것을 듣지 않으려는 것이다.

소녀는 익숙한 발자국 소리를 듣고 진검룡이 가까워지고 있다는 사실을 이미 알고 있을 터이다.

진검룡은 그녀가 매우 강한 여자라는 사실을 잘 알고 있다. 그녀는 천하무림에서 가장 강한 여자다.

하지만 진검룡에게는 끝없이 연약한 여자다. 그를 사랑하고 있기 때문이다.

척!

진검룡이 방문을 열고 들어가자 뒤따르던 효령은 문을 닫고 그 옆에 우뚝 섰다.

실내로 한 걸음 들어선 진검룡은 더 이상 걸음을 옮기지 못하고 그 자리에 멈춰 섰다.

두 걸음 앞에 한 명의 소녀가 서서 그를 바라보며 눈물을 흘리고 있었기 때문이다.

그녀는 일신에 눈처럼 흰옷에 긴 치마를 입고 있으며 얼굴은 얇은 면사로 가린 모습이다.

하지만 면사가 워낙 얇아서 그녀가 울고 있는 것이나 무슨 찬사를 갖다붙여야 어울릴지 모를 정도로 아름다운 미모가 여실히 드러났다.

"흑흑! 검룡 가가……!"

진검룡이 실내에 들어서고, 등 뒤로 문이 채 닫히기도 전에 소녀는 나비처럼 옷자락을 펄럭이며 흐느끼면서 그에게 달려왔다.

탁!

그러나 진검룡은 그녀가 안기기 전에 두 손을 뻗어 어깨를 가볍게 잡았다.

"맹주, 이러시면 안 됩니다."

백의소녀는 다름 아닌 천의맹주였다.

천의봉후(天義鳳后) 백소운(白素雲). 천의맹 구백칠십팔 개 방, 문파의 삼십만 고수들을 총지휘하는 천상천(天上天)의 지위인 천의맹주인 것이다.

천하무림의 삼대축(三大軸)은 천의맹, 혈마련(血魔聯), 사황벌(邪皇閥)이다.

천의맹은 정파무림의 기둥이며 천의맹주는 정파무림의 지존(至尊)이다.

그런 그녀가 지금 울음을 터뜨리며 진검룡의 품에 안기려다가 제지를 당했다.

"검룡 가가, 이러지 마세요……."

백소운은 면사를 걷고 해쓱한 얼굴로 더욱 흐느껴 울며 안타까운 표정을 지었다.

진검룡과 백소운은 연인 사이다. 이번 승화문 사건이 아니었으면 두 사람은 겨울이 오기 전에 혼인을 했을 것이다.

진검룡은 이십오 세, 백소운은 이십이 세다. 두 사람은 같은 사부를 모신 사형제지간이기도 하다.

한솥밥을 먹으면서 생활하며 진검룡은 세 살 어린 백소운을 업어서 키우다시피 했었다.

그래서인지 백소운은 천하에 남자란 진검룡 한 사람만 있는 줄 알고 자랐다.

천하에서 가장 훌륭한 인물을 사부로 모신 두 사람이다.

그래서 진검룡은 십육 세에, 백소운 역시 십육 세에 천의맹에 차례로 입문하여 한 사람은 청룡검대주에, 또 한 사람은 맹주의 지위에 올랐다.

두 사람은 그렇게 되기 위해서 사부에 의해서, 아니, 정파 무림에 의해서 키워졌었다.

백소운은 천의맹주가 되고, 진검룡은 그녀를 보필하기 위해서 오랜 세월 정성과 노력을 쏟았었다.

그리고 진검룡과 백소운이 혼인을 하는 것은 사부를 비롯한 만천하가 원하고 있는 바였다.

진검룡은 백소운의 양어깨를 잡은 손에 지그시 힘을 주면서 한 자 한 자 또렷이 말했다.

"속하의 진언을 명심하십시오. 이제는 속하를 잊으셔야 합니다. 그래야지만 맹주에게 아무 일도 일어나지 않을 것입니다. 재삼 부탁드립니다. 속하를 잊으십시오."

"검룡 가가, 그 말씀은……."

'나를 잊어야지만 맹주에게 아무 일도 일어나지 않는다'
라는 뼈있는 말에 백소운은 멈칫했다.

진검룡은 그녀의 어깨를 놓기 전에 그녀의 눈물 젖은 얼굴
을 주시했다.

그녀는 마지막 이별을 앞두고 따스한 포옹이나 뜨거운 입
맞춤이라도 원하고 있다.

"제발……."

슥—

진검룡은 그녀의 어깨를 놓고 찬바람을 일으키면서 몸을
돌려 그대로 방을 나갔다.

"아……."

등 뒤에서 백소운의 안타까운 탄식이 들렸으나 그는 성큼
성큼 낭하를 걸어갔다.

진검룡이 승하문의 백칠십오 명을 살해했으니 그의 공덕
이 아무리 높아도 당연히 처형감이었다.

그가 목숨을 건져 변방으로 외천된 데에는 맹주 백소운의
노력이 지대했다는 사실을 그는 잘 알고 있다.

그가 처형됐다면 그것으로 끝이다. 그러나 살아남았기 때
문에 그도 백소운도 위험해질지 모른다. 기우일 수도 있으
나, 그렇지 않을 가능성도 있다.

둘 다 살기 위해서, 아니, 백소운을 위험에 빠뜨리지 않기
위해서 진검룡은 더 차가워져야만 한다.

뒤도 돌아보지 않고 걸어가는 진검룡의 등 뒤에서 백소운의 울음 섞인 목소리가 들렸다.

　"소녀는 죽을 때까지 당신을 잊지 않을 거예요. 그리고 반드시 당신을 낙양총부로 불러오고 말겠어요!"

　진검룡은 하고 싶은 말이 목구멍까지 치밀었으나, 오히려 걸음을 더욱 빨리하여 주루를 나섰다.

第二章

비파녀(琵琶女)

大中原

낙양성을 출발한 지 사십여 일이 지났다.

낙양총부를 떠날 때는 한겨울이었는데, 지금은 어느덧 겨울의 끄트머리가 되었다.

낙양성에서 운남성, 곤명성까지는 만 삼천여 리의 멀고도 험난한 여정이다.

또한 낙양성에서 운남성까지는 직선거리로는 도저히 갈 수가 없다.

험준한 산과 강이 무수히 가로놓여 있어서 무리해서 가다가는 반년이 걸릴지 일 년이 걸릴지 예측조차 할 수가 없다.

그래서 동쪽으로 둥글게 큰 원을 그리면서 우회했다가 귀주성에서 곤명성을 서쪽에 두고 진입해야만 그나마 편하게 빨리 갈 수가 있다.

진검룡은 낙양성을 떠나 사십삼 일째에 운남성의 동쪽 귀주성(貴州省)과의 접경 지역에 위치한 선위현(宣威縣) 경내에 들어섰다.

거기에서부터 곤명성까지는 서남쪽으로 칠백여 리를 가야 하고, 거기에서 다시 서남쪽으로 오백여 리를 더 가야지만 목적지인 진원현에 도착하게 될 것이다.

진검룡은 낙양성을 떠난 이후 서둘지 않고 유람하듯이 천천히 말을 몰아서 왔다.

이제는 예전 같지 않으므로 하등의 서두를 이유가 없다.

늦은 오후, 진검룡은 선위현 내의 어느 주루에서 간단한 요기를 하기 위해서 말을 멈추었다.

그는 지난 사십이 일 동안 사나흘 걸러 한 차례씩 객잔에서 묵었고, 다른 날은 노숙을 했었다.

특별한 이유가 있는 것이 아니고 객잔에 묵는 것이 귀찮기 때문이었다.

오늘은 귀주성 혁장현(赫章縣)을 떠난 지 사흘째라서 선위현에서 하룻밤 묵어가기로 했다.

사나흘에 한 번씩이라도 객잔에서 묵는 이유는 별것 아니다. 목욕을 하기 위해서다.

진검룡은 주루 앞에서 말고삐를 기둥에 묶다가 가까운 곳에서 타는 비파 소리를 들었다.

뚜둥… 따당땅…….

그곳을 쳐다보니 주루 옆 길가에 몹시 남루한 옷차림의 네 사람이 앉아 있었다.

그들은 일가족처럼 보였다. 사십대 초반의 부부와 십여 세와 이십대 초반의 자매였다.

그들은 일견하기에도 매우 곤핍해 보였다. 얼굴이 매우 수척해서 며칠 동안 끼니를 거른 듯했다.

그런 탓에 거지는 아니지만 노잣돈을 벌기 위해서 연주와 노래를 하고 있는 것 같았다.

자매 중에서 언니가 비파(琵琶)를 타고 있으며, 동생은 조그만 소리로 노래를 부르고 있었다.

그런데 비파 소리와 노래가 제대로 맞지 않았다. 언니의 비파 솜씨는 매우 뛰어나고, 동생의 노래는 고운 목소리인데도 둘이 어울리지 않았다.

그들 일가족은 몹시 초췌하며 처량한 모습에 동정심을 불러일으키는 표정을 짓고 있었다.

특히 이십여 세 언니의 모습과 표정은 압권이다.

부스스한 머리카락에, 며칠 동안 세수를 하지 않은 듯 꾀죄죄한 얼굴이다.

하지만 잘 뜯어보면 꽤나 예쁘장한 용모인 그녀는 당장에라도 눈물을 흘릴 듯 슬프기 짝이 없는 표정으로 흐느적거리며 비파를 타고 있었다.

또한 그녀는 세상에서 가장 선한 눈빛과 인상을 지니고 있어서 누구라도 그녀를 보면 도와주고 싶은 마음이 저절로 생길 것 같았다.

하지만 거리에는 행인들이 별로 없어서 이들의 연주는 공허하게 허공으로 흩어지고 있을 뿐이었다.

자매 앞에는 다 찌그러지고 이빨 빠진 볼품없는 그릇 하나가 놓여 있었으며, 거기에는 바람에 날려온 지푸라기만 한 올 담겨 있었다.

또한 그들 옆에는 수레 하나가 놓여 있었는데, 말이나 소는 없었다. 아마도 그들이 직접 끌고 다니는 듯했다.

쩔그렁!

진검룡은 자매 앞에 놓인 그릇에 엽전 넉 냥을 떨어뜨려 주고는 주루 입구로 향했다.

엽전 한 냥이면 다섯 수(銖), 즉 다섯 닢이다. 한 닢으로 만두 열 개 혹은 뜨끈한 계탕면(鷄湯麵) 한 그릇을 사 먹을 수 있으니까 넉 냥은 결코 적은 액수가 아니다.

진검룡은 이들 가족에게 더 큰 돈을 줄 만한 능력이 있지만 그러지 않았다.

큰돈이란 사람을 무력하게 만든다는 사실을 잘 알고 있기 때문이다.

사람은, 아니, 만물은 열심히 노력을 하고 그에 상응하는 대가를 얻게끔 되어 있다.

진검룡은 이들 가족이 굶주린 허기만 메울 수 있도록 했다. 한 사람 앞에 한 냥씩이면 오늘 저녁 식사와 내일 아침 식사, 그리고 오늘 밤에 객잔에서 편히 쉴 수 있을 것이다. 이후 나머지는 그들이 알아서 할 일이다.

그가 주루 입구로 걸어갈 때 뒤에서 비파 소리와 노랫소리가 뚝 그쳤다.

그리고 낭랑한 여자의 목소리가 들렸다.

"내가 석 냥, 그리고 너희가 한 냥이다. 불만없지?"

진검룡은 걸음을 멈추고 무심한 얼굴로 돌아보았다.

달그락.

언니로 보이는 여자가 그릇에서 엽전을 집어들고 있었다.

그녀는 그중 한 냥을 나란히 서 있는 부부와 어린 소녀 앞으로 불쑥 내밀었다.

그러나 그들이 받을 생각을 하지 않자 씩 교활한 미소를 지으며 손을 거두어들였다.

"받지 않겠다면 나로서는 고마운 일이지. 하긴, 동냥을 하자고 제의한 것은 내 생각이었고, 비파를 탄 것도 나였으니까 내가 다 가져도 당연한 일이긴 하지. 너희가 그것을 알고 있다니 기특하구나."

그들은 가족이 아니었다. 이십여 세의 여자가 어린 소녀의 가족에게 비파를 타고 노래를 불러서 동냥을 하자고 제의를 했던 것 같다.

그런데 여자에게서는 조금 전의 선한 모습이나 슬픈 표정은 눈을 씻고 봐도 찾을 수가 없었다.

대신 사악하기 짝이 없는 사기꾼의 모습이 거기에 있었다. 사람이 그렇게도 쉽게 표변할 수 있다는 사실이 신기하기만 하다.

그때 엽전 한 냥을 올려놓은 손을 거두던 여자가 자신을 지켜보고 있는 진검룡을 발견했다.

그녀는 아주 잠깐 뜨악한 표정을 짓는 것 같더니, 호탕한 웃음을 터뜨리며 어린 소녀에게 다시 한 냥을 내밀었다.

"하하하하! 하지만 난 그렇게 야박한 사람이 아냐! 자! 사양하지 말고 어서 받아라! 한 냥이면 온 가족이 따뜻한 계탕면을 배불리 먹을 수 있을 게야!"

이어서 그녀는 어린 소녀의 손에 엽전 한 냥을 툭 던져 주고는 바닥에 놓여 있던 비파를 어깨에 걸머메고 씩씩한 걸음걸이로 진검룡을 향해서 똑바로 걸어왔다.

소녀의 가족은 씁쓸한 표정으로 여자의 뒷모습을 쳐다보았으나 여자는 돌아서는 순간 그들을 잊어버린 듯 얼굴에는 의기양양한 표정이 가득했다.

여자는 진검룡과 부딪칠 듯이 정면으로 똑바로 걸어오면서 그의 얼굴을 빤히 바라보다가 스치듯이 지나쳤다.

그녀는 조금 전에 자신이 비파를 탔다는 것과 진검룡에게 동냥을 받았다는 사실조차도 까맣게 잊은 듯했다. 아니면 그게 뭐 어떠냐는 듯한 행동이다.

진검룡은 식사를 하기 위해서 몸을 돌려 여자를 뒤따라 주루로 들어갔다.

앞선 여자의 등에는 때가 꾀죄죄하고 가벼워 보이는 봇짐 하나가 달랑 묶여 있었다.

봇짐에는 두 자 남짓 길이의 길쭉한 물건이 들었는데 검인 듯했다.

그렇다면 여자는 무림인이다. 그게 아니라면 적어도 칼로 밥을 벌어먹고 사는 사람이다.

주루 안은 한산한 편이었다.

정이월은 그다지 춥지 않지만 운남성은 고지대라서 다른 지역보다 많이 쌀쌀한 날씨였다.

그래서인지 주루 한복판에는 장작을 때는 난로가 활활 타오르고 있어서 실내는 제법 훈훈했다.

진검룡은 창가에 자리를 잡고 앉아서 간단한 요깃거리와 백주 반 근을 주문했다.

그는 원래 술을 즐겨하지 않지만 낙양총부를 떠나 이곳으로 오는 동안에는 거의 매일 술을 마셨다.

괴로움과 번민을 잊겠다는 따위의 이유가 아니다.

천의맹 낙양총부의 청룡검대주로 있을 때 해보지 못했던

여러 가지 일들, 즉 보통 사람들이 평소에 늘 하면서 사는 것들을 이제는 그도 하면서 살아갈 생각이었다.

평범한 신분이 됐으니까 그에 맞춰서 순리대로 평범하게 살겠다는 뜻이다.

청룡검대주는 수많은 사람들의 시선을 한 몸에 받는 불편한 지위였다.

그래서 행동에 제약이 많았으며 하고 싶은 것이 있어도 참아야만 했다.

하지만 이제는 그러지 않을 것이다. 변방 벽촌 분타의 조장이라면 주어진 틀 안에서 무엇을 해도 상관이 없을 터이다. 이제는 그저 내키는 대로 살 생각이다.

권한은 거의 없지만 그 대신 자유는 많을 터이다. 원래 권한과 자유는 반비례하는 법이다.

주문한 요리와 술이 나오자 진검룡은 서두르지 않고 천천히 먹고 마시며 창을 약간 열고 창밖의 거리를 무의미하게 관조했다.

주루 안에는 창가에 앉은 진검룡과 난로 가에 앉은 비파를 타던 여자, 즉 비파녀(琵琶女), 그리고 조금 떨어진 곳에 장사치로 보이는 두 사람이 전부였다.

비파녀는 오늘 먹다가 죽을 작정을 했는지 한꺼번에 주문한 대여섯 가지 요리와 독한 화주(火酒)가 탁자에 놓이자마자 결사적으로 달려들어 먹어대기 시작했다.

그녀가 주문한 요리들은 대여섯 명이 먹고도 남을 정도의 엄청난 양이었다.

오죽하면 손님인 두 명의 장사치와 점소이, 주루 주인까지 비파녀가 게걸스럽게 먹어대는 모습을 놀란 얼굴로 쳐다보고 있겠는가.

하지만 진검룡은 그녀를 한 번 슬쩍 쳐다보고는 관심없다는 듯 다시 창밖을 보며 술잔을 기울였다.

그때 비파녀와 함께 동냥을 했던 가족이 어린 소녀를 앞세우고 조심스럽게 주루 안으로 들어섰다.

그들은 창밖을 보고 있는 진검룡을 향해 공손히 인사를 하고는 구석진 곳에 자리를 잡고 앉아서 한동안 망설이더니 만두 열 개와 계탕면 세 그릇을 주문했다.

진검룡은 그들이 들어서는 것도 모르는 듯했고, 비파녀는 그들에게 눈길조차 주지 않고 여전히 허겁지겁 먹기에만 바빴다.

비파녀는 화주 한 근을 순식간에 비우더니 다시 한 근을 주문해서 걸신들린 사람처럼 술병째 입에 처박고 벌컥벌컥 들이켰다.

진검룡이 일어서기 전까지 그녀는 세 근의 화주를 비우고 다시 한 근을 더 주문했다.

진검룡은 주루 이층의 객방 하나를 빌려서 투숙했다.

그는 목욕을 하고 돌아와서 옷을 갈아입고는 침상에 고단한 몸을 눕혔다.

그리고 얼마 지나지 않아서 누군가 계단을 올라오는 거친 발자국 소리와 귀에 거슬리는 노랫소리가 들렸다.

그럴 만한 사람은 술에 취한 비파녀밖에 없다. 그녀는 고래고래 악을 쓰면서 노래를 부르는데, 노래인지 발악인지 분간이 되지 않을 정도로 엉망이었다.

더구나 발로 박자를 맞추느라 세게 쿵쾅거려서 객방의 문과 창이 심하게 흔들거렸다.

"이별이 아쉬워서 술잔을 들려고 했으나 흥 돋울 애인이 없네그려~! 악악악!"

발음이 불분명한 그녀가 부르는 노래는 백거이(白居易)의 비파행(琵琶行)인 듯했다.

그런데 제멋대로다. 흥 돋울 '음악'이 없다는 대목을 '애인'으로 바꿔서 부르고 있다.

"술에 취해도 즐거움은 없고 쓸쓸한 마음 그대로인 채 자러 가는데~ 으악악!"

'이별하려는데'를 '자러 가는데'라고 또 제멋대로 고쳐서 불렀다.

더구나 한 소절 끝날 때마다 웬 비명은 그리도 질러대는지 모를 일이다.

진검룡의 방문 앞을 지날 때는 귀청이 떨어질 정도로 더 소리를 높이는 듯했다.

"망망한 이별의 주루에서는 잠만 쏟아지네! 그때 창밖에서 비파 소리 들려오니~ 낭랑(娘狼)은 돌아가기를 잊고 나그네는 길 떠나기를 잊었다네~ 꽥꽥꽥!'

'주인' 이라는 부분을 '낭랑' 이라고 고쳤는데, 비파녀 자신의 이름인 듯했다.

그렇지만 아가씨 낭(娘)에 늑대 랑(狼)··· '아가씨 늑대' 라니, 괴이한 이름이다.

곧이어서 진검룡 옆방의 문이 부서질 듯이 열리고 닫히더니, 그런 엉터리 비파행은 한참이나 더 계속되다가 그쳤다.

그래도 진검룡은 침상에 반듯하게 누워서 두 손을 가슴에 얹고 반쯤 열어놓은 창을 통해서 밤하늘의 반달을 물끄러미 응시할 뿐이었다.

비파녀, 아니, 낭랑이 들어간 옆방에서의 노랫소리가 그쳤는가 싶더니 잠시 후에는 그보다 더 시끄러운 소리가 터져 나왔다.

드르러렁~! 푸아아~! 쿠아아악~! 카카카카!'

실로 어마어마한 코골이다. 지붕이 들썩거리고 벽이 흔들렸으며 듣는 사람의 골이 빠개지는 듯했다.

진검룡은 창밖의 달을 바라보다가 잠이 들었다. 그는 어떤 상황에서라도 자신이 하고자 하는 일은 하고야 만다.

그 무엇도 그를 방해할 수 없다. 하물며 잠자는 것쯤이야

두말할 필요가 없다.

죽고 죽이는 싸움을 무수히, 그리고 오랫동안 한 사람은 두 종류가 된다.

달인(達人)이거나 폐인(廢人).

진검룡은 전자(前者)다.

낭랑의 우렛소리 같은 코골이는 새벽녘이 돼서야 그쳤다. 잠을 다 잤기 때문이다.

방문이 추호의 기척도 없이 열리더니 부스스한 낭랑이 낭하로 나섰다.

씻으러 가는 것이 아니다. 등에 봇짐과 비파를 멘 것을 보면 길을 떠나려는 듯하다.

그녀는 점소이를 깨우지도 않고 스스로 주루 문을 열고 나와 조심스럽게 주위를 살폈다.

아직 동이 트지 않아서 주위는 어두컴컴했으며 사람 모습은 한 명도 보이지 않았다.

쌀쌀한 날씨에 낭랑은 부르르 한차례 몸을 떨더니 주루 옆에 붙은 마구간으로 향했다.

발자국 소리를 내지 않으려고 조심하는 그녀의 모습은 비파를 타면서 동냥을 하고, 술을 마시고 악을 쓰며 노래를 부르던 개판 모습하고는 판이하게 다른 진지한 모습이었다. 한 사람이 다각면상(多角面像)을 갖고 있는 듯했다.

낭랑은 마구간 역시 아무 기척도 내지 않고 연 후에 그곳에 묶여 있는 한 마리 말에게 조용히 다가갔다.

그 말은 진검룡이 타고 온 말인데, 점소이가 마구간에 들여놓고 여물을 듬뿍 먹였다.

낭랑은 놀란 말에게 다가가 갈기를 부드럽게 쓰다듬어서 안정을 시킨 후, 미리 준비한 두툼한 네 조각의 헝겊으로 말의 네 발굽을 정성껏 감쌌다.

이어서 말고삐를 잡고 주위를 살피면서 조심스럽게 밖으로 끌고 나왔다.

발굽을 헝겊으로 두툼하게 감쌌기 때문에 말발굽 소리가 일체 나지 않았다.

주루에서 오십여 장 떨어진 곳 골목 어귀에 서 있는 귀혼은 낭랑이 마구간에서 말을 끌고 나오는 것을 지켜보고 있었다.

귀혼은 그 말이 진검룡이 타고 온 말이라는 사실을 한눈에 알아보았다.

그는 잠시 어떻게 할 것인지 생각해 보았다. 평소 그의 성격대로 하자면 직속상전의 말을 훔치려는 저 맹랑한 계집은 단칼에 목을 베었을 것이다.

하지만 지금은 상황이 다르다. 공식적으로 진검룡은 더 이상 귀혼의 직속상전이 아니다.

또한 귀혼이 암중에서 진검룡을 호위하고 있다는 사실은

어느 누구에게도 알려지지 말아야 한다.

지금 귀혼이 말을 훔치고 있는 계집을 죽여서 시체를 아무도 모르는 곳에 파묻어 버리면 감쪽같을 것이다.

그러나 세상일이란 언제, 무슨 일이 생길지 모른다. 그 일이 빌미가 되어 진검룡에게 불이익이 돌아갈 수도 있다.

비록 그럴 확률이 만분의 일이라고 해도, 터럭만 한 가능성이라도 있다면 그만두어야 한다.

기껏 말 한 마리 때문에 미구에 닥쳐올지도 모를 화를 부르는 일은 어리석은 짓이다.

귀혼은 남루한 옷차림에 까치 둥우리처럼 부스스한 머리카락을 한 예쁘장한 젊은 계집이 진검룡의 말을 끌고 사악한 미소를 지으면서 조심조심 마을 밖으로 사라지는 것을 묵묵히 지켜보기만 했다.

                    *   *   *

쏴아아…….

장대비가 주룩주룩 쏟아지고 있다.

진검룡은 선위현을 떠난 지 이십여 일 만에 목적지인 진원현을 이십여 리 남겨둔 지점에 이르렀다.

진원현으로 이르는 관도는 낙양성을 중심으로 뻗은 널찍한 관도하고는 사뭇 달랐다.

폭이 무척 좁아서 수레 한 대가 지나갈 정도이며 길도 울퉁불퉁 험했다. 관도가 아니라 그냥 시골길이다.

더구나 비가 퍼붓다시피 쏟아지는 바람에 길 곳곳에 작은 연못을 방불케 하는 물웅덩이가 생겨나서 불편하기 짝이 없었다.

쏴아아…….

운남성에는 한여름인 칠, 팔월이 집중적으로 비가 오는 장마철이며 지금처럼 이월에 이렇게 비가 쏟아지는 경우는 드문 일이다.

진겸룡은 미리 우장(雨裝)을 준비하지 못했기 때문에 쏟아지는 비를 고스란히 맞으면서 질펀한 빗길을 철벅철벅 걸어가고 있는 중이었다.

그나마 챙이 넓은 방갓을 쓰고 있는 탓에 얼굴이 젖는 일은 없었다.

그의 옆에는 한 명의 소년이 나란히 걷고 있었다. 대나무와 갈대로 만든 우장을 차려입었으며, 등에는 지게처럼 생긴 나무통에 무언가를 잔뜩 싣고 그 위에 짚을 덮었다.

몹시 힘겨워 보이는데도 소년은 연신 싱글벙글 웃으면서 진겸룡에게 이것저것 말을 걸었다.

반 시진 전에 혼자 걷던 진겸룡 뒤에서 소년이 달려오더니 불쑥 큰 소리로 외쳤었다.

"안녕하세요! 저는 진원현에 사는 무악(武岳)이라고 합니다! 실례가 안 된다면 같이 가도 될까요?"

진검룡이 힐끗 쳐다보자 소년은 그것을 승낙으로 알아들었는지 그때부터 일행이 된 것이다.

반 시진 동안 진검룡은 한마디도 하지 않았다. 하지만 소년 무악은 조금도 개의치 않고 혼자 떠들었다.

그렇다고 해서 무악이 풀잎처럼 가볍거나 방정맞은 성격은 아닌 듯했다.

오히려 그와는 반대로 무척 예의 바르고 해맑으며 몸과 마음이 건강한 소년인 듯했다.

키는 진검룡의 어깨 정도에 찼으며, 약 십칠팔 세 정도의 나이에, 호리호리하고 가냘픈 체구를 지녔다.

눈이 크고 맑으며 새빨갛고 붉은 입술을 지닌 귀엽고 예쁜 용모의 소년이었다.

만약 여장을 입혀놓으면 영락없이 아름다운 미소녀 소리를 들을 것이 분명했다.

그의 행색으로 미루어 남의 집 하인이나 잡일꾼 같은데, 목소리는 매우 청아하고 밝았으며 말은 조리있고 나름대로 약간의 학식이 깃들어 있는 듯했다.

또한 무악이 하는 말들은 모두 진원현 주변에 관한 기후, 농업, 목축 따위의 상식적인 것들이 주종을 이루었다.

그래서 이제부터 진원현에서 살아야 하는 진검룡에겐 필요할 수도 있는 내용이다.

무악은 진검룡이 외지 사람이라 여기고 제 딴에는 진원현에 대해서 친절하게 설명을 하는 듯했다.

무악은 비 오는 텅 빈 관도에서 진검룡을 만나 반가웠던 모양이다.

그래서 그가 묵묵부답으로 일관하는데도 누군가와 동행한다는 자체가 덜 외롭고 지루하다고 여기는 것 같았다.

우두두두.

그때 뒤쪽 멀리에서 육중한 바퀴가 구르는 소리가 은은하게 들려왔다. 마차가 달려오고 있는 것이 분명했다.

그렇지만 쏟아지는 빗소리 때문에 무악은 아직 마차 소리를 듣지 못했다.

몇 호흡 만에 마차 소리가 가까워진 것으로 미루어 마차가 무척이나 빠른 속도로 질주하고 있는 듯했다.

신나게 떠들어대던 무악은 그제야 마차 소리를 듣고는 뒤돌아보다가 화들짝 놀랐다.

"앗!"

두 필의 말이 끄는 마차가 오류장 배후에서 저돌적으로 돌진해 오고 있는 것을 발견했기 때문이다.

우두두두둑!

지금껏 해맑게 웃고 떠들던 무악은 뒤돌아보는 자세에서 그대로 얼어붙어 어쩔 줄을 몰라 했다.

관도는 마차 한 대가 달리면 양쪽으로 한 자 남짓의 짧은 공간만 남을 만큼 좁다.

진검룡처럼 경험이 풍부한 사람은 길가로 비켜서면 안전하다는 사실을 즉각 알아차린다.

하지만 무악은 마차가 무서운 속도로 돌진해 오자 겁부터 집어먹고 당황해서 피할 생각을 하지 못했다.

마부석에는 한 명의 장한이 채찍을 휘두르면서 마차를 몰고 있었다.

그런데 억수같이 쏟아지는 비 때문에 진검룡과 무악을 코앞에서야 뒤늦게 발견하고는 놀란 표정을 지었으나 이미 때가 늦어서 피하거나 멈출 생각을 하지 못한 채 그대로 돌진했다.

두 필의 말은 훌륭한 준마고 마차는 화려하게 장식이 되어 있었다. 그로 미루어 대단한 가문의 마차인 듯했다.

"아아……."

무악은 빗물에 씻긴 창백한 얼굴에 공포를 가득 떠올린 채 마차를 바라보기만 했다.

휙!

순간 진검룡은 무악이 등에 메고 있는 나무통을 붙잡고 재빨리 길가로 비켜섰다.

우두두두둑!

그 순간 마차는 굉음을 울리며 두 사람 곁을 아슬아슬하게 스쳐 지나갔다.

"아아……."

무악은 한참 동안 굳어 있다가 마차가 아스라이 사라져 가자 몸을 부르르 떨며 긴 한숨을 토해냈다.

그는 아직도 공포가 가시지 않은 해쓱한 얼굴로 진검룡을 올려다보았다.

그러더니 갑자기 갈대로 만든 모자를 벗어 들고는 물웅덩이에 무릎을 꿇고 머리를 흙탕물 속에 처박으며 진검룡에게 공손히 큰절을 올렸다.

"구명지은을 입었습니다! 이 은혜를 어떻게 갚아야 할지 모르겠습니다!"

겁먹음과 감격스러움이 한데 뒤엉킨 마구 떨리는 앳된 목소리다. 그러나 이런 경황 중에서도 예의를 갖추어서 은혜 운운하는 것을 보면 엄격한 가정에서 제대로 교육을 받은 듯했다.

한참이나 엎드려 있던 무악은 진검룡이 아무 말도 하지 않자 조심스럽게 고개를 들었다가 화들짝 놀랐다. 진검룡이 보이지 않았기 때문이다.

급히 주위를 둘러보다가 저만치 걸어가고 있는 그의 뒷모습을 발견하곤 서둘러 뒤따르기 시작했다.

"으, 은인! 같이 가요!"

깜짝 놀란 그는 엎어지고 자빠지면서 부리나케 진검룡을 향해 달려가며 외쳤다.

아까처럼 진검룡의 곁에서 나란히 걷고 있던 무악은 말이 많이 없어졌다.

진검룡에게 뜻하지 않은 구명지은을 입고는 꽤나 조심스러워졌기 때문이다.

그는 나란히 걸으면서 가끔씩 진검룡을 새삼스러운 눈빛으로 들키지 않게 살짝살짝 살펴보았다.

그러면서 그는 감탄을 금치 못했다. 아까는 몰랐던 여러 가지 것들을 진검룡에게서 발견했기 때문이다.

우선 무악이 본 진검룡의 방갓 아래로 드러난 모습은 정말 잘생겼다. 아니, 대장부 같은 모습이라고 해야 맞다.

무악은 자신의 곱상하고 허약한 외모 때문에 진검룡처럼 듬직하고 당당한 자신감에 넘치는 사람을 정도 이상으로 좋아하는 편이었다.

사람들은 대게 자신의 안목을 지나칠 정도로 과신하는 경향이 있다.

그런 점에서 봤을 때 진검룡은 무악이 짧은 십칠 평생 동안 살아오면서 만난 많지 않은 사내들 중에서 단연 첫손가락에 꼽을 정도로 완벽한 사내, 아니, 대장부가 틀림없었다.

태풍이 몰아쳐도 흔들릴 것 같지 않은 절도있는 걸음걸이와 벙어리가 아닐까 착각이 들 정도의 과묵함.

오른쪽 어깨에 메고 있는 검파에 푸른 세 가닥 수실이 묶여 있는 한 자루 장검.

방갓 아래로 보이는 굳게 다문 입술과 강팍한 광대, 그리고 각진 턱, 송충이처럼 짙은 눈썹, 깊게 가라앉은 눈빛.

사람은 한 번 누군가에게 반하면 그가 하품을 하거나 방귀를 뀌어도 멋지게 보이는 법이다.

지금 무악이 그런 상태였다. 그렇지 않아도 사내답고 당당하기론 타의 추종을 불허하는 진검룡이니 무악의 눈에 콩깍지가 씌워진 것은 당연한 일이었다.

게다가 무악은 아까 위기일발의 순간에 자신이 꼭 죽는 줄만 알았었다.

그때 가장 먼저 떠오른 사람이 어머니였다. 아직 어머니에게 효도조차 제대로 하지 못했는데 이렇게 죽어야 한다고 생각하자 눈물이 핑 돌았다.

바로 그 순간에 그의 몸이 허공으로 붕 떠오르는 것 같더니 어느새 진검룡 옆에 내려섰고, 다음 순간 마차가 닿을 듯이 스쳐 지나갔다.

찰나지간에 생사를 오락가락한 것이다. 그래서 그는 새로운 인생을 진검룡이 주었으니 앞으로 남은 평생 그를 위해서 살아야겠다고 소년다운 결심을 모질게 했다.

그 순간에 진검룡이 어떤 수법을 펼쳤는지는 모르지만 아마도 무림의 고명한 수법을 사용한 것이 분명했다.

'이분은 무림의 뛰어난 일류고수가 분명해!'

그래서 그렇게 믿어버린 무악이다.

하지만 실상 진검룡은 무악의 뒷덜미를 잡고서 뒤로 빠르게 서너 걸음 물러난 것이 전부였다.

그것이 무악의 눈에는 무림의 고명한 수법으로 비쳤다면 어쩔 수 없는 노릇이다.

"앗! 저기!"

그때 무악이 갑자기 앞쪽을 가리키며 놀라서 외쳤다.

억수같이 장대비가 쏟아지고 있지만, 진검룡은 이미 아까 그것을 발견했었다.

삼십여 장 전방 길가 비탈 아래에 조금 전의 그 마차가 곤두박질쳐서 뒤집혀 있었다.

좁은데다 울퉁불퉁 위험한 길을 그토록 미친 듯이 내달릴 때 이것은 이미 예측된 결과였다.

"어서 가봐요!"

그렇게 소리친 무악은 진검룡의 대답을 듣지도 않고 마차를 향해 전력을 다해서 달려갔다.

그러나 진검룡은 지금까지의 보폭 그대로 걸어갔다.

그가 가까이 다가갔을 때 무악은 등짐과 우장을 길가에 벗어 던지고 비에 흠뻑 젖으면서 길가 비탈 아래로 내려가 뒤집힌 마차 안으로 상체를 들이민 채 버둥거리고 있었다.

조금 전에 자신을 죽일 뻔했던 마차였다는 사실을 까맣게 잊은 듯 마차 안의 사람을 구하려고 안간힘을 다하고 있는 것이다.

한차례 마차를 굽어본 진검룡은 그것만으로 사태를 이미 파악했다.

두 필의 말이 구슬프게 울면서 버둥거리는 것으로 미루어 목뼈와 앞발이 부러져서 오래지 않아 죽을 것이라는 판단이 들었다.

또한 마부석에서 사람의 기척이나 숨소리가 나지 않는 것은 마부석의 장한이 죽었기 때문이고, 마차 안에서 미약한 신음 소리와 숨소리가 감지되고 있는데, 그것은 어린 소녀의 것이라고 짐작됐다.

즉, 마차에 몇 명이 타고 있었는지 모르지만 생존자는 어린 소녀 한 명뿐이다.

원래 마차의 문은 한쪽에만 있는데, 지금 그 문이 진흙탕에 파묻혀서 머리 하나 겨우 들어갈 공간밖에 남아 있지 않은 상태였다.

무악은 그곳으로 머리를 디밀고 어떻게든 마차 안의 어린 소녀를 구하려고 필사적이었다.

그가 내던진 등짐, 즉 나무통 속에는 수십 개의 술병이 들어 있었는데 절반 이상이 박살 난 상태다.

하지만 무악은 술병보다는 낯선 사람의 생명을 더 소중하게 여기는 듯했다.

진검룡은 길가에 서서 물끄러미 지켜보다가 다시 걸음을 옮기기 시작했다.

예전에 천의맹 청룡검대주 진검룡은 정의감이 투철하고 약자를 보면 앞뒤 가리지 않고 달려들어 구해주었었다. 그 덕에 천하무림을 떨어 울리는 쟁쟁한 명성을 얻었던 것이다.

하지만 지금 여기에 있는 진검룡은 더 이상 천의맹 청룡검대주가 아니다.

그렇게 열심히 살았더니 결과가 이렇게 돼버렸다. 그래서 그는 낙양성을 떠나면서 한 가지 결심을 했다.

예전의 진검룡은 깨끗이 잊고 앞으로는 그저 야인(野人)처럼 되는대로 살기로 작정했다.

"은인!"

성큼성큼 걸어가고 있는 진검룡 뒤에서 무악의 다급한 외침이 들렸다.

그렇지만 진검룡은 그냥 걸어갔다. 그랬더니 무악이 다급하게 달려오는 소리가 이어졌다.

철벅!

"은인! 마차 안에 살아 있는 사람이 있습니다! 제발 구해주십시오! 많이 다쳤는지 피를 흘리고 있습니다!"

무악은 걸어가는 진검룡의 앞쪽에 털썩 온몸을 내던져 무릎을 꿇더니 머리를 조아리며 애원했다.

진검룡은 뚝 걸음을 멈추었다.

무악은 얼굴을 물구덩이 속에 처박은 채 울부짖듯 계속 애원했다.

"옛말에 한 사람을 구하는 것이 구 층 석탑을 쌓는 것보다 공덕이 크다고 했습니다! 부디… 지금 저 사람을 구하지 않으면 죽을 것입니다!"

그의 말은 울먹임으로 가득했다. 자신을 죽일 뻔했던 마차에 타고 있는 생존자를 위해서 필사적으로 애원하고 있는 그는 어린 시절의 진검룡을 많이 닮아 있었다.

꿈틀.

진검룡의 마음이 움직였다.

'되는대로 사는 것이 마음 가는 대로 행동하는 것이 아니겠는가? 이 아이가 내 마음을 움직였다면 그렇게 행동하는 것역시 되는대로 사는 것일 테지.'

진검룡은 발길을 돌려 마차로 걸어갔다.

그리고 그가 마차를 뒤집어서 안에 있는 소녀를 구하는 일은 손바닥을 뒤집는 것처럼 쉬웠다.

소녀는 생각했던 것처럼 그렇게 어리지 않았다.

무성한 나무 밑에 눕혀놓은 소녀는 십오륙 세 정도인데, 버들잎처럼 유약했다.

진검룡은 소녀가 원래 지병을 앓고 있다는 사실을 한눈에 간파했다.

그런데다가 마차가 전복되는 바람에 팔이 부러졌으며 마차 내부의 쪼개진 날카로운 나뭇조각이 복부 아래쪽에 깊숙이 꽂혀 있었다.

"아아……."

소녀는 눈을 뜨려고 애쓰면서 창백한 입술 사이로 미약하게 신음을 흘렸다.

그러더니 잠시 후 유난히 긴 속눈썹이 파르르 떨리면서 힘겹게 눈이 떠졌다.

얼굴의 반을 차지할 정도로 큰 눈이다. 또한 추수(秋水)처럼 서늘하고 흑백이 또렷하며 총명함이 가득했다.

소녀의 용모는 예쁘다느니 귀엽다느니 하기보다는 그저 연약하다는 첫 느낌만 들었다.

소녀는 자신의 양옆에 앉아 있는 진검룡과 무악을 번갈아 부유하듯 바라보다가 진검룡에게 초점을 고정시키고 파리한 입술을 열었다.

"소녀를… 살리려고… 애쓰지… 마세요……."

"그게 무슨 말입니까? 생명은 누구에게나 소중한 것입니다! 나약한 말 하지 마세요!"

그러자 무악이 발작적으로 주먹을 부르쥐며 외쳤다. 소녀의 나약함을 꾸짖는 것이다.

그러더니 진검룡을 바라보며 물었다.

"살릴 수 있겠지요? 그렇죠?"

그것은 물음이 아니라 확신을 요구하는 것이다. 소녀의 여린 복부에 깊숙이 꽂혀 있는 뾰족한 나뭇가지는 필경 치명적

일 것이다.

　그래도 진검룡은 그녀를 살릴 수 있을 것이라고 믿었다. 아
니, 믿고 싶어서 결사적이다.

　"아아… 소녀는…….."

　소녀가 다시 바들바들 떨리는 목소리로 말을 이었다.

　"불… 치병이… 있어요……. 숙부집에 놀러 갔다가 병세가
심해져서… 곤명성으로 돌아가는 길이었어요……."

　불치병이라는 말에 무악의 얼굴에 커다란 놀라움이 떠오
르며 몸을 움찔 떨었다.

　그리고는 그는 그때부터 아무 말도 하지 않았다. 포기한 것
이 아니다. 절망하고 있는 것이다.

　나중에 안 일이지만 무악은 소녀를 한 번도 본 적이 없다고
말했다.

　그러니까 그의 착한 마음은 상대를 가리지 않는다는 뜻이
다. 그에게는 부처님이나 길거리의 거지나 똑같은 무게로 여
겨지는 것이다.

第三章
임지(任地)로

"아아……."

　진검룡이 소녀의 부러진 팔뼈를 맞추고 나뭇가지로 능숙하게 부목을 대는 것을 보고는 무악은 눈을 커다랗게 뜨고 탄성을 터뜨렸다.

　그는 그런 신기한 광경을 처음 보았다. 아니, 그런 방법이 있는 줄도 모르고 살았다.

　이어서 진검룡이 소녀의 복부에 꽂힌 나뭇조각을 순식간에 뽑은 후 지혈을 하자 피가 한 방울도 흐르지 않는 것을 보고는 무악은 아예 벌린 입을 다물지 못했다.

　"아아……."

소녀는 부러진 팔뼈를 맞추기 전에 진검룡이 혼혈을 눌러서 고통을 느끼지 못하도록 해둔 상태다.

"죽었나요?"

무악은 소녀가 축 늘어진 채 꼼짝도 하지 않는 것을 보고 겁먹은 얼굴로 물었다.

진검룡은 대답하지 않고 소녀를 안고 벌떡 일어섰다.

무악은 엉거주춤 따라 일어나며 문득 진검룡을 만난 이후 지금까지 그의 말을 한마디도 듣지 못했다는 사실을 새삼스럽게 깨달았다.

'설마… 벙어리?'

진검룡과 무악이 진원현에 도착할 때까지도 비는 억수처럼 퍼붓고 있었다.

진원현은 이천오백여 호(戶)의 크고 작은 전각과 집들이 모여 있는 제법 큰 현이다.

첩첩산중에 위치해 있으며, 가장 가까운 마을은 서쪽으로 백오십여 리에 있는 경곡현(景谷縣), 남쪽으로 이백여 리인 영이현(寧洱縣), 북쪽으로는 이백오십여 리 거리의 경동현(景東縣), 동쪽은 삼백여 리인 신평현(新平縣)이 있을 뿐이다.

말하자면 평균 고도(高度) 사천 척의 산악 지대에 홀로 떠 있는 섬 같은 존재가 진원현이다.

또한 근처 수백 리 일대에 흩어져서 살고 있는 수백여 개의

소수민족들에겐 진원현이 북경성이나 낙양성처럼 거대한 대
도(大都)나 진배가 없다.

"의원은 이쪽입니다!"

진원현으로 들어서자 무악은 한쪽 방향을 가리키며 앞장
서 전력으로 내달렸다.

그러나 진검룡은 무악을 따라가지 않고 멈춰서 주위를 두
리번거렸다.

달려가던 무악은 멈춰서 의아한 얼굴로 그를 돌아보았다.

그러나 총명한 무악은 그가 왜 그러는지 즉시 알아차렸다.
소녀는 불치병을 앓고 있다고 했는데 진원현의 의원이 그것
을 고칠 리가 없을 것이다.

또한 진검룡이 부러진 팔뼈나 복부에 찔린 상처를 치료한
것으로 미루어 봤을 때 의원 뺨칠 정도의 솜씨였다.

그러므로 지금 진검룡이 원하는 것은 의원이 아니라 소녀
를 치료할 만한 적당한 장소인 것이다.

"이리로! 이쪽으로 오세요!"

거기까지 생각한 무악은 방향을 바꾸어 달리기 시작했다.

무악이 진검룡을 안내한 곳은 진원현에서도 외곽 거리에
위치해 있는 평범한 주루다.

아니, 평범하다 못해서 매우 초라하고 낡은 주루다. 전체를
나무로 지었는데 여기저기 부서지고 깨진 곳 투성이라서 언

제 무너져도 이상하지 않을 듯했다.

주루 이름이 적힌 현판도 걸려 있지 않았다. 이런 주루는 특히 지금처럼 억수같이 비가 올 때면 더욱 볼품없이 보이게 마련이다.

뚝딱뚝딱.

지붕 위에서는 한 명의 남자가 비를 맞으면서 부지런히 못질을 하고 있었다.

아마도 지붕이 낡아서 비가 새기 때문에 판자라도 덧대는 모양이다.

"여기가 저희 집이에요."

무악이 주루 앞에 이르러 주루를 가리키면서 뒤돌아보았다.

이제 보니 그는 주루에서 필요한 술을 사러 다녀오는 길이었던 것 같다.

마차가 뒤집힌 곳에서 여기까지 십오 리 길을 한시도 쉬지 않고 줄곧 달려온 무악은 숨이 턱에 차서 허리를 구부리고 헐떡이면서 주루를 가리켰다.

건장한 장한이라도 십오 리를 쉬지 않고 달리면 녹초가 되고 만다. 그렇다면 무악은 보기보다는 그다지 허약하지 않은 것이 분명했다.

주루 지붕에서 수리를 하고 있는 사내가 무악의 부친인 듯했다. 그는 무악이 온 줄도 모르고 지붕을 고치는 데 열중하고 있었다.

"어머니!"

무악이 호들갑스럽게 외치면서 주루 안으로 달려들어 가자 소녀를 안은 진검룡은 묵묵히 뒤따라 들어갔다.

주루 안은 밖에서 본 것과는 조금 달랐다. 낡고 볼품없다는 점에서는 안팎이 같았으나, 주루 안은 뭔가 정갈하고 따뜻한 훈기가 감돌았다.

그리고 특히 구수하고 맛있는 요리의 향기가 은은하게 퍼지고 있었다.

전혀 그럴 상황이 아닌데도 진검룡은 요리 냄새를 맡자 문득 허기가 느껴졌다.

밖에는 비가 주룩주룩 내리고, 주루 안에는 그윽한 요리 향기가 퍼지고 있으며, 새는 지붕에서는 물이 뚝뚝 떨어지고 있는 이런 풍경은, 이곳이 아니면 볼 수 없을 듯했다.

진검룡은 허기 뒤에 다시 기이한 평온함을 느꼈다. 평온이라니, 언제 느껴보았는지 기억에도 까마득한 느낌이다.

그것을 생전 처음 와보는 낯선 주루에서 느끼다니 이상한 일이었다.

마치 오랫동안 떠나 있었던 고향집에라도 돌아온 듯한 느낌마저 들었다.

주루 안에는 십여 개의 허름하고 낡은 탁자들이 있는데, 그 중 세 곳에서 마을 사람처럼 보이는 몇 명의 사내들이 식사를 하거나 술을 마시고 있다가 들어서는 무악과 진검룡을 일제히 쳐다보았다.

"무슨 일이니, 악아?"

그때 주방에서 행주치마에 손을 닦으면서 한 명의 여인이 총총히 나왔다.

무악의 모친이라고 보기에는 젊은 이십대 후반의 나이다.

물론 그녀는 무악처럼 한족(漢族)이다. 하지만 이런 시골구석에서는 보기 드문 미인이었다.

허름한 옷을 입었지만 깨끗했으며, 주방에서 요리를 했는지 앞치마와 걷어붙인 소매에 양념이 묻었다.

정갈하게 빗은 머리에 여염집 여자와는 달리 전혀 다듬지 않은 얼굴, 적당한 키에 아담한 체구, 걷어 올린 소매 밖으로 나온 팔과 손이 유난히 희고 매끄러우며, 손가락이 무척 길어 보였다.

무악의 외침에 놀라서 달려나온 그녀는 무악 뒤에 서 있는 진검룡을 발견하고 의아한 표정을 지었다.

그것이 진검룡과 무악 모친의 첫 만남이었다.

그녀는 무악에게 가려져 있어서 아직 진검룡이 안고 있는 소녀를 발견하지 못했다.

"어머니, 용주촌(蓉酒村)에서 술을 사가지고 돌아오는 길에 뒤집힌 마차를 발견했어요. 여러 사람이 죽었어요."

무악은 옆으로 비켜서며 소녀를 가리켰다.

"그런데 이 소녀 혼자만 살았어요. 하지만 급히 치료를 해야만 해요."

"이런……."

순간 여인의 얼굴에 놀라움이 가득 떠올랐다.

그때 주루 문이 열리더니 비에 쫄딱 젖은 사내가 못 몇 개를 입에 물고 손에는 엉성한 망치를 든 채 들어서면서 너스레를 떨었다.

"하하하! 가효모(佳肴母)! 지붕 다 고쳐 놨소! 이제 더 이상 비는 새지 않을… 어?"

그러다가 그는 눈앞의 상황을 발견하고 가볍게 놀라는 표정을 지었다.

그가 여인을 '가효모'라고 부르는 것으로 미루어 남편, 즉 무악의 부친은 아닌 듯했다.

또한 여인이 '가효모'라는 별명으로 불리는 것으로 미루어 그녀의 요리 솜씨가 매우 뛰어난 모양이었다.

여인은 놀란 얼굴로 소녀를 보다가 시선을 조금 올려 진검룡을 바라보았다. 어떻게 해야 하는지 묻는 것이다.

그러나 방갓을 깊이 눌러쓰고 여인보다 머리가 하나 반은 더 큰 사내는 빗물을 뚝뚝 흘릴 뿐 묵묵부답이다.

"어머니, 서둘러서 치료를 해야 하는데 조용하고 깨끗한 방이 필요해요."

진검룡이 벙어리일지 모른다고 생각하게 된 무악이 얼른

나서서 대신 대답했다.

"알았다. 따라오너라."

한마디 던지더니 여인은 두말없이 몸을 돌려 주루 입구에서 마주 보이는 주방 입구 옆 쪽문을 열고 들어갔다.

주루 뒤쪽은 아담한 가정집이었다. 아마도 그곳에서 무악 식구가 살고 있는 듯했다.

좌우에 야트막한 담이 있으며, 왼쪽 담 쪽은 아주 조그맣고 아담한 정원이 꾸며져 있었다.

이런 주루 뒤에 있는 집 안에 정원이라니, 어울릴 것 같지 않은데 묘하게도 제법 그럴싸한 운치를 풍기고 있었다.

정원에는 대나무와 매화, 동백나무 따위와 감나무, 대추나무, 무화과나무 등 유실수, 그리고 앞쪽에는 몇 가지 채소들이 풍성하게 자라고 있었다. 정이월에 채소라니, 운남성에서만 가능한 일이었다.

그리고 오른쪽 담 앞에는 작은 연못이 있는데, 연못이라고 해봐야 길이가 열 걸음에 폭이 다섯 걸음 정도의 손바닥만 한 크기였다.

양쪽의 정원인지 밭인지 모를 곳과 연못 사이에 폭 이 장에 길이 삼 장 남짓의 마당이 있다.

주루로 통하는 문을 열고 나서서 마당을 지나면 정면에 아담한 단층집 한 채가 있다. 방 두어 칸이 있으면 꽉 찰 정도의 작은 집이다.

여인은 그 집 옆을 지나 집 뒤로 갔다. 걷는다기보다는 거의 뛰다시피 했다.

그녀도 무악의 정의심과 선량함을 닮은 듯했다. 아니, 무악이 그녀의 아들이라면 모친을 닮았을 터이다.

심부름 보낸 아들이 사 오라는 술은 어디에다 팽개쳤는지 모른 채, 난데없이 다 죽어가는 낯선 소녀와 낯선 사내를 데리고 들어왔는데도 그녀는 아무것도 묻지 않고 불문곡직 집 안으로 안내하고 있는 것이다.

집 뒤에 아담한 별채가 있다는 것은 뜻밖이었다. 앞쪽에 있는 집의 절반 크기인데 땅에서 두 자 높이 허공에 띄워서 지은 정자 같은 분위기의 별채였다.

"어머니, 여기는……."

별채 앞에 이른 무악은 적이 놀라는 표정을 지었다.

"우리 집에 길손께 내어드릴 만한 깨끗한 방이 이곳밖에 더 있느냐?"

끼이.

여인은 긴 치마를 걷고 성큼 돌계단을 올라가서 거침없이 문을 열고 안으로 들어갔다.

별채 안은 왼쪽이 작은 주방이고 가운데, 즉 문을 열고 들어간 곳이 나무를 깐 말루(抹樓:마루)였으며 오른쪽이 방이다.

여인은 곧장 방문을 열고 들어가서 벽 쪽에 놓인 침상에 이불을 깔았다.

방은 그리 크지 않았으나 그렇다고 작지도 않았다. 문을 열고 들어가면 오른쪽으로 한쪽 벽면을 거의 다 차지하는 커다란 창이 있다.

창 아래에 몇 개의 단에는 수십 개의 난초 화분이 놓여 있었으며, 그중에서 몇 개는 꽃을 피웠는데, 난향이 실내에 난분분(亂紛紛)하고 그윽했다.

"여기에 눕히세요."

난데없는 상황에 충분히 당황할 법한데도 여인은 침상을 가리키면서 차분하게 말했다.

풀잎끼리 서로 스치면서 내는 소리처럼 사근사근한 음성이라서 들으면 기분이 좋아지는 것 같았다.

진검룡이 소녀를 침상에 눕히는 것을 보면서 여인이 조심스럽게 물었다.

"필요한 것이 있으면 말씀하세요."

"어머니, 이분은……."

이즈음에는 진검룡이 벙어리일 것이라고 거의 믿고 있는 무악이 슬며시 여인의 옷자락을 잡아당겼다.

"이 아이의 상처를 씻을 따뜻한 물과 헝겊, 금창약, 도와줄 사람, 그리고 조용히 해주시오."

진검룡이 소녀를 똑바로 눕히고 옷을 벗기면서 말하자 무악과 여인은 동시에 똑같이 놀라는 표정을 지었다.

무악은 진검룡이 벙어리가 아니라는 사실에, 여인은 진검

룡의 목소리가 일찍이 한 번도 들어본 적이 없는 청아하고 굵
직하며 또한 그윽한 것이라서 놀랐다.

"앗!"

그때 무악은 진검룡에 의해서 소녀의 상의가 거침없이 벗
겨지면서 젖가리개를 한 상체가 드러나자 소스라치게 놀라서
급히 뒤돌아섰다.

여인은 무악의 등을 밀면서 방을 나가며 말했다.

"너는 손님들에게 오늘은 영업을 그만한다고 알려라. 그리
고 현청(縣廳)의 관리들에게 마차 사고가 난 지점을 알려 드
리도록 해라."

무악은 방금 전에 본 소녀의 희고 뽀얀 상체가 눈앞에 어른
거려서 얼굴이 빨개진 채 대답도 하지 못하고 엉거주춤 별채
를 나섰다.

다시 별채 방으로 돌아온 여인은 침상의 소녀를 보고 눈을
약간 크게 뜨며 놀라는 표정을 지었다.

소녀가 실오라기 한 올 걸치지 않은 전라의 몸으로 반듯하
게 눕혀져 있었기 때문이다.

그러나 왜 소녀를 나신으로 만들었는지는 구태여 묻지 않
아도 알 수 있었다.

소녀의 온몸이 상처투성이였다. 옷을 입고 있어서 보이지
않았을 뿐이다.

마차가 뒤집혔을 때 마차 안에서 몇 바퀴나 굴렀을 테니 온 몸을 다치지 않았으면 오히려 이상한 일이었다.

여인은 진검룡이 지시한 물건들을 침상 옆 작은 탁자에 올려놓으며 조심스럽게 물었다.

"저는 무엇을 할까요?"

침상 가에 걸터앉아서 소녀의 촌관척(寸關尺:맥문)을 짚고 있던 진검룡은 눈으로 소녀의 상체를 가리켰다.

"상처 부위를 깨끗이 닦아주시오."

진검룡은 꽤 오랫동안 소녀를 진맥하고 있는 중이었다. 누워 있는 소녀의 중간쯤에 그가 앉아 있기 때문에 여인은 그를 피해서 좌우로 이동하며 소녀의 몸을 정성껏 깨끗이 닦았다.

여인의 보송보송한 귀밑머리와 희고 긴 목덜미에 땀방울이 맺힐 즈음에 소녀의 몸 씻는 일이 끝났다.

"다음에는 뭘 할까요?"

"상처에 금창약을 바르시오."

"네? 제가 하나요?"

그러나 여인은 대답을 듣지 못했다. 진검룡은 그녀에겐 눈길조차 주지 않았다.

그녀가 돌이켜 생각해 보니까 진검룡은 주루에 온 이후 그녀를 제대로 쳐다본 적이 한 번도 없었다.

그녀가 진원현 최고의 미인은 아닐지라도, 주루에 오는 남정네들의 절반쯤은 그녀를 보기 위해서 부지런히 주루를 들락거리는 편이었다.

물론 나머지 절반은 진원현 내에서 가장 훌륭한 솜씨를 지닌 여인의 요리를 맛보기 위해서다.

여인은 진검룡 같은 사내를 처음 본다. 물론 자신에게 눈길 한 번 주지 않는 사내도 처음이지만, 진검룡은 그녀로서는 생소한 것들을 많이 지니고 또 풍기고 있었다.

그녀는 진검룡이 지시한 것들을 가지러 나갔다가 무악에게서 대충 이야기를 들었다.

진검룡이 무악의 목숨을 구했다는 것, 소녀를 구하고 부러진 팔뼈와 나뭇조각에 찔린 복부를 치료했다는 것, 그리고 무악이 보고 느낀 진검룡에 대한 소감이 덧붙여졌다.

물론 무악의 순전히 개인적인 호감이 따른 과장된 느낌이 부풀려져서 설명된 것은 두말할 필요가 없다.

그리고 무악은 소녀가 불치병을 앓고 있다는 사실도 모친에게 말해주었다.

여인은 진검룡이 아들 무악의 목숨을 구해주었다는 사실 때문에 더할 수 없는 고마움을 느끼고 있었다. 진검룡이 아니었으면 평생의 희망으로 삼고 살아가는 외아들을 잃을 뻔하지 않았는가.

그녀는 그가 지시한 대로 소녀의 상체에 난 상처부터 정성껏 꼼꼼하게 금창약을 바르기 시작했다.

그녀가 보기에 진검룡은 소녀의 불치병에 대해서 진맥을 하고 있는 것 같았다.

불치병이라면 통상적으로 볼 때 의술이 뛰어난 의원들마저도 손을 내젓는다는데, 설마 진검룡이 그것을 치료하려는 것인지 궁금했다.

그녀는 불쑥 호기심이 일어 손을 멈추고 진검룡을 조심스럽게 바라보았다.

깊숙이 눌러쓴 방갓 아래 코와 입, 턱 부위만 보였으나 첫눈에도 매우 강인한 용모라는 것을 알 수 있었다.

여인의 남편은 운남성의 권력자이며 대부호인 단왕가(段王家)의 사병(私兵)이었다.

십육 세에 첫눈에 반한 남편의 끈질긴 구애에 사랑을 느끼고 곧 혼인을 하고 이듬해에 무악을 낳았다.

이곳 운남성에서는 여자가 십사오 세만 되면 혼인을 하는 조혼(早婚) 풍습이 있다.

그리고 반년 후에 남편은 전쟁에 나갔다가 시체가 되어서 돌아왔다.

그녀의 혼인 생활은 일 년 반 남짓이 전부였다. 신혼의 단꿈에 젖어 있을 때였으며, 그때 여인의 나이는 겨우 십팔 세였고, 무악은 태어나서 돌도 지나지 않았었다.

하지만 그날 이후 그녀는 젖먹이 무악을 여자 몸으로 혼자 키우면서 이날까지 단 한 번도 사내에게 눈길을 줘본 적이 없었다.

그랬던 그녀가 생전 처음 보는 낯선 진검룡에게 호기심을 느끼고 있었다.

물론 여자가 남자에게 느끼는 그런 이성으로서의 호기심은 아니다.

단지 아들의 목숨을 구하고 또 소녀의 목숨을 구하기 위해서 애쓰고 있는 낯선 사내에 대한 막연한 호기심이었다.

그렇다고 해도 여인이 누군가에게 특히 사내에게 호기심을 갖는 일은 처음이다.

"형겊이 더 필요하오."

"아……."

그때 진검룡이 고개를 돌리면서 말하자 그의 옆얼굴을 보고 있던 여인은 깜짝 놀라 나직한 탄성을 토해냈다. 두 사람의 눈이 정면으로 부딪친 것이다.

"잠시 기다리세요."

여인은 얼굴을 붉히면서 일어나 종종걸음으로 방을 나갔다.

"단왕가의 금지옥엽(金枝玉葉)이라고요?"

여인은 놀라서 눈을 크게 떴다. 주루 안에 있는 사람들은 평소에 무슨 일이 있어도 침착한 그녀가 지금처럼 놀라는 모습은 처음 보았다.

"그렇소. 나는 일 때문에 단왕가에 자주 드나드는데 조금 전의 그 소저를 몇 번인가 먼발치에서 본 적이 있었소. 틀림없는 단왕가의 금지옥엽이오."

아까 주루에서 식사를 하고 있다가 진검룡이 안고 들어오는 소녀를 봤던 한 사내가 우렁우렁한 목소리로 말하면서 제 가슴을 두드렸다.

옆에서 듣고 있던 다른 사람들은 '단왕가' 라는 말에 두려운 표정부터 지었다.

단왕가는 운남성 내에서 최고의 권력가이며 대부호다. 휘하에 군사, 즉 사병을 오천 명이나 거느리고 있다.

알게 모르게 운남성 내에서 단왕가와 관계되지 않은 사람이 드물다.

단왕가가 벌여둔 일이 그만큼 크고 많기 때문이다. 운남성 사람 절반 이상이 단왕가의 녹을 먹고 살며 덕을 본다고 해도 과언이 아닐 정도다.

하지만 사람들은 권력가나 대부호를 천성적으로 꺼려한다. 아니, 두려워한다.

그래서 어떤 형태로든지 단왕가하고 얽히는 것을 원하지 않는다.

그로 인해서 돌아오는 것이 보복이든 대가든 백성들의 가슴으로는 감당하지 못할 정도이기 때문이다.

"어머니……."

여인 옆에 서 있는 무악이 두려운 표정으로 그녀의 옷자락을 가만히 잡아당겼다.

주루 안에 있던 사람들은 입을 모아 여인에게 권유했다.

"아까 그자에게 당장 치료를 그만두라고 하시오. 공주(公主)가 터럭만큼이라도 잘못된다면 경을 치게 될 게요!"

잠시 뭔가 생각하던 여인은 조금 전의 우락부락한 사내에게 부탁했다.

"수고스럽지만 방 아저씨께서 단왕가에 기별을 넣어주시겠어요? 이곳의 사정을 잘 말씀드려 주세요."

방 아저씨 방적(方赤)은 마뜩찮은 표정을 지었다. 단왕가하고 얽히는 게 싫은 탓이다.

하지만 그는 여인의 부탁을 거절하지 못했다. 여인은 누구에게 부탁 같은 것을 잘 하지 않는 성미지만, 일단 그녀가 부탁을 하면 누구라도 거절하지 못한다.

"알았수다."

그가 일어나서 주루를 나가는 것을 보고는 여인은 주루에서 사람들을 내몬 후에 주루 문을 닫고 별채로 향했다.

여인이 방에 들어가니 진검룡은 소녀 곁에 꼿꼿한 자세로 앉아서 그녀를 굽어보고 있었다.

진검룡은 여인에게서 두툼한 헝겊을 받아 소녀의 둔부를 들고 그 밑에 펼쳐서 깔았다.

"저……."

그때 여인이 조심스럽게 입을 열었다.

진검룡은 소녀의 다리를 약간 넓게 벌리고 자신은 소녀의 음부를 정면으로 보는 위치에 단정하게 무릎을 꿇고 앉으면서 여인은 쳐다보지도 않았다.

"이분 소저는 단왕가의 금지옥엽이에요."

그래도 진검룡은 하던 일을 멈추지 않았다. 이 낯선 사내는 단왕가가 어떤 존재인지 모르는 것이 분명했다.

여인은 어쩔 수 없이 진검룡에게 단왕가에 대해서 자세히 설명해 주었다. 다만 보복이나 대가에 대해서는 아무 말도 하지 않았다.

설명을 하는 동안 진검룡은 소녀의 아랫배와 옆구리 부위를 손으로 이리저리 눌러보고 있었다.

설명을 끝낸 여인은 진검룡이 당연히 치료를 그만둘 것이라고 생각했다.

이윽고 그는 소녀에게서 손을 떼고 허리를 곧게 펴고는 여인을 쳐다보았다.

"지금 치료를 하지 않으면 이 아이는 길어야 닷새 안으로 죽게 될 것이오."

"……."

여인은 움찔 놀라서 아무 말도 하지 못했다.

"여기에 누워 있는 사람이 만약 그대의 아들이라면 어떻게 하겠소?"

여인은 놀라움을 삼키면서 가라앉은 목소리로 대답했다.

"당연히 치료를 맡길 거예요."

"부모는 다 똑같소."

그렇다. 여인은 자신이나 소녀의 부친인 단왕(段王)이나 같을 것이라고 생각한다.

하지만 일이 잘못되어 외아들이 치료 중에 죽는다면 여인은 흐느껴 우는 것이 전부겠지만, 단왕은 절대 그렇지 않을 것이라는 점이 다를 터이다.

"이 아이가 결정하도록 합시다."

혼절해 있는 소녀에게 무엇을 물어본단 말인가 싶어서 여인은 약간 어이없는 표정을 지었다.

그런데 진검룡이 손가락으로 소녀의 상체 몇 군데를 가볍게 누르자 거짓말처럼 소녀가 사르르 눈을 떴다.

"아……."

그것을 보면서 여인은 또 하나 새로운 사실을 깨달았다.

진검룡이 완벽에 가까운 사람이라는 것이다. 실언도, 잘못된 결정도, 쓸데없는 말도 하지 않는다.

"여기는……."

소녀는 눈을 깜빡이면서 두리번거렸다.

그러자 여인이 매우 공손하게 지금의 상황에 대해서 설명을 해주었다.

소녀는 눈을 깜빡이면서 조용히 듣고 있다가 설명이 끝나자 여인을 보며 창백한 입술을 열었다.

"지필묵을 가져오시겠어요?"

여인이 지필묵을 가지러 간 사이에 소녀는 자신의 벌린 다리 사이에 앉아 있는 진검룡을 바라보며 부끄러운 듯 배시시 미소 지었다.

"귀공(貴公)이 처음이에요."

그녀는 진검룡을 '귀공'이라고 불렀다. 그가 청룡검대주 시절에는 자주 듣던 호칭이었다.

"저를 살려준 것, 저의 몸을 본 것, 저의 은밀한 부위 앞에 앉아서 그곳을 자세히 보는 것, 그리고 저의 생사를 쥐고 있는 것 모두 말이에요."

진검룡이 묻지도 않았는데 소녀는 은방울을 흔드는 듯한 목소리로 설명했다.

그녀는 나뭇가지에 찔렸던 자신의 옆구리 쪽 복부 언저리를 손으로 쓰다듬듯이 매만지면서 신기하다는 표정을 지었다.

"어떻게 치료를 하셨는지 조금도 아프지 않아요. 정말 신기해요."

"고통을 느끼지 않도록 조치했다."

소녀가 단왕가의 금지옥엽이라지만 진검룡에겐 한낱 어린

계집아이에 불과하다.

"어머? 귀공은 벙어리가 아니었군요? 그런데 참 듣기 좋은 목소리예요. 호호호!"

소녀는 자신이 어떤 처지라는 것도 잊은 듯 떡잎처럼 작고 하얀 손으로 입을 가리고 웃었다.

진검룡은 마음이 푸근해지는 것을 느꼈다. 그것은 충직한 심복수하나 절친한 친구들, 그리고 연인 백소운과 함께 있을 때 느꼈던 그런 감정이었다.

그것을 생각지도 않게 이런 곳에서 느끼다니, 이 아이는 묘하게 정이 가는구나라는 생각이 들었다.

"소녀의 이름은 단은한(段銀漢)이에요. 귀공께선 앞으로 '은한아' 라고 부르시면 돼요. 알았죠?"

그러나 진검룡이 대답도 없고 처음이나 지금이나 무표정한 것을 보고는 소녀는 입술을 삐죽거렸다.

"대답 안 하시면 저 치료 안 받을 거예요. 흥!"

그 모습이 하도 귀여워서 진검룡은 자신도 모르게 빙그레 미소를 지었다.

"알았다, 은한아."

'은한(은하수)' 이라니, 참 좋은 이름이다.

짝!

"어머? 불러주셨어요! 아하하하!"

소녀가 손뼉을 치면서 무척 기쁜 듯 청아하게 웃을 때 여인이 지필묵을 갖고 방으로 들어섰다.

여인은 의아한 표정을 지으면서 진검룡과 소녀를 번갈아 쳐다보았다.

사람이 웃는다는 것은 상대가 웃겼을 때나 우스운 상황이 벌어졌을 때만 가능하다.

그렇다면 조금 전에 진검룡이 소녀를 웃겼거나 웃기는 상황이 벌어졌다는 뜻이다.

하지만 진검룡의 어디를 봐서 그가 사람을 웃기거나 웃기는 상황을 만들었을 것 같은가. 백 번을 양보해도 어림 반 푼어치도 없는 일이다.

단은한이 힘겹게 일어나 앉아서 휘갈겨 써준 종이를 받아든 여인은 해연히 놀랐다.

종이에는 소녀 단은한이 부친 단왕에게 남기는 유언 비슷한 내용이 적혀 있었다.

글인즉, 치료 결과에 대해서 절대적으로 승복할 것이며, 만일의 경우에 자신이 죽더라도 치료를 한 사람에게 후한 상을 내릴 것이고, 딸의 마지막 부탁을 들어주지 않으면 죽어서 귀신이 돼서라도 부친을 괴롭힐 것이라는 다소 허무맹랑한 내용이었다.

하지만 단은한의 친필이므로 그저 우격다짐으로 치료를 했다가 불상사가 벌어지는 것보다는 한결 나을 것이라는 여인의 생각이었다.

　진검룡이 손가락으로 단은한의 턱밑과 귀밑을 살짝 누르
자 그녀는 생글생글 미소 짓다가 곧 깊은 잠에 빠졌다.

第四章
진원분타(鎭沅分陀)

大中原

여인은 진검룡의 치료 과정을 보고 있는 내내 경악에 경악을 금치 못했다.

그녀로서는 생전 보지도 듣지도 못했던 수법을 진검룡이 사용했기 때문이다.

진검룡은 가부좌의 자세로 앉아서 눈을 감고 있더니 일각 후에 눈을 뜨고는 그때부터 두 손으로 단은한의 온몸을 때로는 세게 때로는 부드럽게 주물렀다.

고명한 추궁과혈(推宮過穴)의 수법이지만 여인이 그것을 알 리가 없다.

그런데 진검룡의 행동은 어린 소녀를 멋대로 농락하는 것이지 치료처럼 보이지 않았다.

하지만 여인은 조금도 이상하게 생각하지 않았다. 진지한 진검룡의 태도 때문이 아니라 그가 그런 짓을 할 사람이 아니라는 것을 믿기 때문이다.

그를 만난 지 불과 한 시진도 안 됐는데 그에게 믿음을 갖고 있다니 이상한 일이다. 하지만 그것은 말로 설명할 수 있는 성질의 것이 아니다.

이윽고 진검룡이 추궁과혈을 끝내고 손바닥으로 음유한 진기를 뿜어내면서 단은한의 가슴에 밀착시키더니 밀듯이 위로 쓸어 올리자 그녀의 입과 코에서 꾸역꾸역 검붉은 핏덩이가 흘러나왔다.

사실 그는 추궁과혈의 수법으로 단은한 체내의 수십 군데 막힌 혈도를 뚫고, 또한 지금껏 막힌 혈도 때문에 발생한 웅혈(凝血)을 두 군데, 즉 상체와 하체로 모았었다.

단은한의 불치병이라는 것은 기경팔맥(奇經八脈)의 중요한 혈맥 몇 군데가 태어날 때부터 봉쇄되어 있는 현상이었다.

그것을 치료하려면 약이나 침, 뜸이 일체 소용이 없다. 오직 정심하고도 높은 수준의 내공을 지닌 절정고수만이 치료가 가능했다.

물론 그 절정고수가 의술에 탁월한 지식을 갖고 있어야 하는 것은 두말할 필요가 없다.

단은한이 진검룡을 만난 것은 천우신조(天佑神助)라고 할 수 있었다.

　만약 그를 만나지 못했다면 그녀의 목숨은 앞으로 닷새밖
에 남지 않았을 터이다.

　진검룡은 이어서 또다시 단은한의 복부에 손바닥을 밀착
시키고 지그시 눈을 감으면서 이번에는 아래로 천천히 쓸어
내리자 그녀의 옥문과 항문에서 역시 검붉은 핏덩이가 쏟아
져 나왔다.

　입과 코에 이어서 옥문과 항문으로 핏덩이가 쏟아져 나오
자 여인은 기함할 정도로 놀랐다.

　또한 핏덩이에서는 코를 틀어막을 정도의 지독한 악취가
풍겼으나 여인은 놀라움 때문에 그것을 느끼지 못했다.

　마지막으로 진검룡이 단은한의 온몸을 다시 한 차례 부드
럽게 주무르는 것으로써 괴이하고 또 신비한 치료는 두 시진
여 만에 끝났다.

　"아……."

　그로부터 한 시진 후에 단은한은 마치 잠에서 깨듯 기지개
를 켜면서 개운한 표정으로 눈을 떴다.

　그러나 그녀는 눈을 깜빡거리면서 누군가를 찾다가 깜짝
놀랐다. 진검룡의 모습이 보이지 않았기 때문이다.

　그녀의 표정이 해쓱하게 변하면서 여인에게 물었다.

　"그분은 어디 계시죠?"

"떠나셨어요."

"어디로?"

"모르겠어요."

치료가 끝난 후에 단은한에게 옷을 입혀주고는 줄곧 곁에서 그녀가 깨어나기를 기다리고 있던 여인이 공손히 대답했다.

"아, 안 돼."

소스라치게 놀란 단은한은 벌떡 일어나 침상에서 내려서려다가 힘없이 풀썩 쓰러졌다.

여인은 그녀를 조심스럽게 다시 침상에 눕혔다.

"무리하지 마세요."

"안 돼요. 그분을 찾아야 해요……."

그러나 단은한은 일어나려고 기를 썼다.

여인은 그녀가 자신의 병이 나았는지 그렇지 않은지의 결과를 알기보다도 진검룡을 찾는 것을 더 중요하게 여긴다는 사실에 놀랐다.

하지만 전혀 이해하지 못할 일이 아니다. 그 낯선 방갓인은 그런 묘한 매력을 지니고 있었다.

"아… 어디에서 그분을 찾는다지? 존함도 모르는데……."

단은한은 망연자실해서 천장을 보며 중얼거렸다.

"그분이 말씀하시기를……."

단은한이 안정되기를 기다렸다가 여인이 입을 열자 단은

한은 벌떡 상체를 일으켰다.

"뭐라고 말씀하셨나요?"

"소저께선 앞으로 보름 동안 소채만 드셔야 한다고 말씀하셨어요."

"그것뿐인가요?"

"네."

"하아……."

혹시 연락할 곳이나 진검룡을 찾을 수 있는 뭐라도 남겼을까 기대했던 단은한은 크게 실망하여 자리에 다시 누웠다.

그때까지도 단은한은 자신의 불치병이 어떻게 되었는지에 대해서는 궁금해하지 않고 있었다.

진검룡이 홀쩍 떠나 버려서 안타까운 사람은 단은한 혼자만이 아니었다.

여인도 무악도 그가 떠난 것을 못내 아쉬워했다. 더구나 무악은 울며불며 그에게 매달리면서 가지 말라고, 며칠만이라도 묵고 가라고 애원했으나 그는 듣지 않았다.

아니, 사람이 그토록 애원하며 매달리는데도 그는 쓰다 달다 말 한마디 없이 뒤도 돌아보지 않고 가버렸다.

어쩌면 사람이 그렇게도 매정할 수 있는 것인지, 여인은 비오는 길바닥에 엎어져서 흐느껴 우는 무악을 달래면서 진검룡의 무정함을 원망했었다.

사내를 원망해 보기는 십육 년 전에 죽은 남편 이후로 처음 있는 일이었다.

오죽하면 여인은 진검룡이 가다가 발병이라도 나기를 속으로 은근히 빌다가 제풀에 깜짝 놀랐겠는가.

이런 일은 결코 없었다. 진검룡이 떠나자 여인은 가슴 한쪽이 떨어져 나간 것 같은 아픔을 느꼈다.

괴이쩍은 일이다. 그에게 이성으로서의 감정 같은 것은 한 올도 느끼지 않으면서도 알 수 없는 이별의 서운함이라는 것이 말이 되는가.

"어머니."

그때 방문 밖에서 무악이 여인을 급히 부르는 소리가 들렸다. 그런데 목소리가 심하게 떨렸다.

왈칵!

"은한아!"

여인이 돌아보려고 할 때 방문이 왈칵 열리면서 한 명의 중년인이 구르듯이 달려들어 오며 외쳤다.

여인은 중년인을 발견하자 그가 누군지 즉시 알아차리고 한옆으로 비켜섰다.

"아버지."

단은한은 중년인을 보자 상체를 일으키며 반겼다.

"이게 어떻게 된 일이냐? 어딜 얼마나 다쳤느냐, 응?"

중년인은 단왕이다. 방적의 연락을 받고 곤명성에서부터

천리마를 타고 한달음에 달려온 것이다.

그는 단은한의 얼굴과 온몸을 살피고 어루만지면서 걱정스러운 듯 물었다.

"소녀는 괜찮아요."

단왕은 전형적인 세도가의 모습을 하고 있었다. 약간 살찐 체구에 적당한 키, 코밑과 입 주위에 짧고 검은 수염을 길렀으며 부리부리한 눈과 두툼한 입술을 지닌 사십이삼 세가량의 나이였다.

"이런……."

단은한의 상의를 살짝 들춰본 단왕 단천뢰(段天雷)는 얼굴이 해쓱해졌다. 딸의 배 쪽 옆구리에 있는 깊은 상처를 발견한 것이다.

"아무렇지도 않아요. 그분이 얼마나 훌륭하게 치료했는지 조금도 아프지 않아요."

단천뢰가 사색이 된 것과는 달리 정작 당사자인 단은한은 태연한 표정이다.

"그분이 소녀의 불치병도 치료해 줬어요."

"네 불치병을?"

단은한이 자랑스럽게 말하자 옆구리 상처 때문에 놀랐던 단천뢰는 아예 기함을 할 듯한 표정을 지었다.

그는 딸의 불치병을 치료하기 위해서 용하다는 의원이 있는 곳이라면 찾아가지 않은 곳이 없으며, 좋은 약이라면 써보지 않은 것이 없었다.

또한 천하에서 손가락에 꼽히는 여러 명의 의원을 불러 단 왕가 내에서 머물게 하며 딸을 치료하게 했었다.

그렇게 해서도 별 차도를 보이지 않고 오히려 점점 악화되기만 했던 딸의 불치병을 이름도 모르는 뜨내기가 치료했다니까 어이가 없는 것이다.

"송(宋) 의원, 은한을 진맥해 보게."

단천뢰는 자신을 따라 들어온 두 사람 중 왼쪽의 초로인에게 급히 지시했다.

그가 서둘러 진맥을 해보라는 것은, 얼토당토않은 뜨내기가 딸을 치료해서 어떤 기적을 바라기보다는, 혹여 잘못되지나 않았는지 확인하려는 의도였다.

초로인 송 의원은 조심스럽게 침상 가로 다가와서 허리를 깊이 굽혔다.

"공주님, 잠시 살피겠습니다."

단은한이 핏기 하나 없는 가느다란 한쪽 팔을 내밀자 송 의원은 공손한 동작으로 진맥을 시작했다.

모두들 송 의원의 진맥을 지켜보고 있는 가운데 가장 긴장하고 있는 사람은 침상 발치깨에 나란히 서서 시립하고 있는 듯한 자세를 취하고 있는 무악 모자였다.

만약 일이 잘못되면 이번 일에 깊은 연관이 있는 무악 모자에게 불호령이 떨어질 것은 자명한 사실이었다.

그러나 어찌 된 일인지 무악 모자는 그보다도 진검룡을 더 염려하고 있었다.

만약 치료가 잘못돼서 단천뢰가 그를 잡아들이라고 명령하는 불상사가 없기를 속으로 간절히 빌었다.

"아아……!"

그런데 한동안 심각하게 진맥을 하던 송 의원의 안색이 해쑥해지면서 탄성을 터뜨렸다.

그 바람에 무악 모자는 가슴이 철렁 내려앉았다.

"왜 그런가? 무슨 일이야?"

놀라기는 단천뢰도 마찬가지였다. 그는 얼굴이 창백해지면서 벌떡 일어서며 다급하게 물었다.

"자, 잠깐만 기다리십시오, 단왕 전하."

송 의원은 크게 당황하며 다시 진맥을 시작했다. 눈을 지그시 감고 진맥을 하는데 그의 팔과 온몸이 후들후들 떨리고 있었다.

무악 모자의 얼굴은 아예 백지장처럼 사색이 되었다. 자신들은 모르고 있었지만, 두 사람은 손을 꼭 잡고 있는데 몸이 와들와들 사시나무 떨듯이 떨렸다.

단천뢰는 눈을 부릅뜨고 어금니를 악문 채 험악한 표정을 지으며 송 의원이 진맥하는 것을 쏘아보고 있었다.

단지 단은한만이 아무렇지 않은 듯 태연했다. 그녀는 진맥의 결과를 이미 훤히 알고 있는 듯했다.

몸이 예전하고는 천양지차로 달라진 사실을 생생하게 느끼고 있었기 때문이다. 그래서 이 짧은 유희를 즐기고 있는 것 같았다.

이윽고 눈을 지그시 감은 채 심각한 얼굴로 진맥을 하던 송 의원이 단은한의 촌관척에서 손을 뗐다. 하지만 그의 표정은 조금 전하고 다르지 않았다.

"어… 떤가?"

단천뢰의 채근에 송 의원은 마치 귀신에 홀린 듯한 표정을 지으며 입을 열었다.

"고, 공주님의 불치병이 깨끗이 완치되셨습니다. 도대체 어찌 된 일인지……."

"뭐, 뭐라고?"

단천뢰는 부릅떴던 두 눈을 아예 찢어질 듯이 더 부릅떴다. 그는 필경 자신이 잘못 들은 것이라고 생각했다.

반면에 무악 모자는 서로를 마주 보며 꽉 끌어안았다. 얼굴에는 기쁜 표정이 가득했다.

그리고 단은한은 그럴 줄 알았다는 표정으로 생글생글 미소를 지었다.

송 의원은 크게 숨을 몰아쉰 후에 단언하듯이 잘라 말했다.

"공주님의 불치병은 완치되셨습니다."

단왕의 얼굴에서 폭풍이 일고 있었다. 믿을 수 없다는 표정과 이것을 기뻐해야 하는가라는 표정이 범벅되어 단은한을 쳐다보았다.

그리고 그는 떨리는 목소리로 말했다.

"다시… 다시 진맥해 보게."

그러나 몇 번을 진맥해도 결과는 마찬가지였다.

*   *   *

비가 그쳤다.

천의맹 진원분타는 무악네 주루에서 거리를 벗어나자마자 나타났다. 대략 이백여 장의 거리였다.

진검룡은 어느 전문 앞에 서서 제법 공을 들여서 쓴 현판을 올려다보았다.

그는 마침내 길고 긴 여행 끝에 부임지인 천의맹 진원분타에 도착했다.

현판의 '천의맹 진원분타'라고 적힌 글 아래에는 '오룡방(五龍幫)'이라고 작은 글씨로 적혀 있었다.

원래는 오룡방인데 천의맹에 가입하여 진원분타가 된 이후에 지금 같은 표기를 하게 됐다는 뜻이다.

이런 시골구석의 방파가 천의맹에 가입했다는 것은, 돈을 엄청 많이 들였든지 아니면 썩 괜찮은 뒷배경을 갖고 있다는 뜻이다.

진검룡은 현판을 한 번 쳐다보고 나서 곧바로 전문을 두드렸다.

쿵쿵쿵!

부임지에 도착한 감흥 따위가 있을 까닭이 없다. 천의맹에서 죄를 짓고 뇌옥에 갇혔을 때 모든 것을 포기했었다. 심지어 목숨까지도.

지금부터는 덤으로 사는 인생이다. 그러므로 본인생보다 나을 것이 없게 살면 되는 것이다.

쿵쿵쿵!

한참이 지나도 전문 안쪽에서 아무런 기척이 없자 조금 더 세게 주먹으로 전문을 두드렸다.

그래도 반응이 없다. 낙엽 떨어지는 소리만 나도 우르르 달려나와야 하는 것이 지부나 분타거늘 이곳은 조금 이상한 곳이다. 하지만 진검룡은 더 이상 두드리지 않았다.

그 정도 세게 두드렸으면 진원분타가 얼마나 넓은지 모르지만 안에 있는 사람이 다 들었을 것이다.

천의맹 분타 정도 되면 전문을 활짝 열어두고 무사들이 밖에서 위풍당당하게 지키고 있어야 마땅하다.

한데 그러기는 고사하고 이것은 전문을 꼭꼭 닫아걸고는 안에서 무얼 하는지 모를 일이었다.

그러고도 열 호흡이 지나서야 안에서 인기척이 났다. 달려오는 소리가 아니고 발을 질질 끌면서 어기적거리며 걸어오는 기척이다.

그긍!

전문이 육중하게 약간 열리더니 심하게 얼굴이 얽은 문불사(蚊不死:곰보)인 삼십대 중반의 사내가 고개를 내밀고 귀찮은 기색이 역력한 표정으로 내뱉었다.

"뭐요?"

"천의맹 진원분타로 발령된 사람이오."

진검룡의 높낮이 없는 무심한 목소리에 문불사는 어? 하는 표정을 지으며 그의 위아래를 훑어보았다.

사람을 밖에 세워두고 위아래를 훑어보는 몰염치한 행동을 하면서도 문불사는 태연했다.

"그럼 당신이 황(黃) 대인의 추천으로 온 조장이오?"

진검룡은 황 대인이 누군지 모른다. 아마 황 대인은 가공의 인물일 것이다.

천의맹 낙양총부의 제일인자나 다름없는 청룡검대주가 진원분타로 외천되어 왔다면 이곳은 발칵 뒤집힐 것이고, 분타주는 물론 마을의 유지들이 맨발로 달려나와서 영접할 것이 분명하다.

그렇게 되는 것을 천의맹 낙양총부도 진검룡도 원하지 않는 바였다. 그래서 가공 인물 황 대인이 등장했을 터이다.

어디어디에 사는 세도가 황 대인이 아무개를 진원분타의 조장으로 천거한다라는 형식을 취하는 것이다.

진검룡이 청룡검대주였던 시절에 그런 식으로 외천되어

가는 수하들을 몇 명 본 적이 있었다.

물론 청룡검대의 수하들은 한 명도 없었다. 그는 수하들을 수족처럼 아끼기 때문에 그들의 실수나 잘못은 모두 자신의 손에서 처리했었고, 그 자신이 희생을 했으면 했지 수하들에게는 일체 피해가 가지 않도록 했었다.

진검룡은 문불사가 빤히 쳐다보는 것을 보고 가볍게 고개를 끄덕여 주었다.

이어서 문불사가 들어오라는 말을 하기도 전에 전문을 활짝 열어젖히고 성큼 안으로 들어섰다.

"어… 엇?"

문불사는 반사적으로 물러서지 않고 앞을 가로막았으나 진검룡은 어깨로 가볍게 툭 건드리듯 밀치면서 그대로 밀고 들어갔다.

"어어……."

쿵!

그랬을 뿐인데 문불사는 비틀거리면서 물러나더니 엉덩방아를 찧으며 주저앉았다.

"어이! 이봐!"

그는 벌떡 일어나더니 씨근거리면서 전력으로 질주하여 진검룡을 뒤따라왔다.

이런 종류의 사내를 다루는 방법은 두 가지다. 처음부터 기를 꺾어놓던가 아니면 적당히 구워삶는 것이다.

물론 진검룡은 이날까지 단 한 번도 누군가를 구워삶아 본 적이 없었다.

그는 우뚝 멈췄다가 돌아섰다.

쿵!

"악!"

그 바람에 전력으로 달려오던 문불사는 머리를 진검룡의 가슴에 부딪치더니 뒤로 반 장이나 튕겼다가 조금 전보다 더 볼썽사납게 나뒹굴었다.

"으으으……."

워낙 호되게 부딪쳤다가 나동그라지는 바람에 문불사는 일어나지 못하고 주저앉아서 끙끙거렸다.

웬만한 작자면 이 정도에서 꼬리를 감춘다. 좀 더 기가 센 놈이라고 해도 한 번쯤 더 손을 봐주면 그만이다.

그는 오만상을 쓰면서 진검룡을 쳐다보다가 움찔 자라처럼 목을 움츠렸다.

진검룡의 깊이 눌러쓴 방갓 아래로 드러난 한 쌍의 눈이 시퍼렇게 빛나고 있는 것을 발견했기 때문이다.

쥐새끼가 범의 이글거리는 눈을 봤을 때가 지금과 같은 경우일 것이다.

그것으로 문불사는 완전히 제압되었다. 그가 진원분타에서 어떤 지위인지는 몰라도 조장 아래는 분명하다. 어쨌든 앞으로는 진검룡에게 함부로 하지 못할 것이다.

"제… 가 안내하겠습니다."

과연 문불사는 뭉기적거리면서 일어나 비실비실 앞장을
서서 걸었다. 말투도 완전히 달라졌다.

문불사는 진검룡을 안내하는 그다지 길지 않은 시간 동안
진원분타에 대해서 장황하게 나불나불 늘어놓았다.

그의 말에 의하면 진원분타에는 한 명의 분타주, 즉 방주와
다섯 명의 당주(堂主), 열 명의 향주(香主), 이십 명의 조장이
있다고 한다.

다섯 명의 당주는 오룡, 즉 진원분타의 원래 이름이 오룡방
인 것에서 기인한다.

비룡(飛龍), 황룡(黃龍), 흑룡(黑龍), 적룡(赤龍), 창룡(蒼龍)
이 그것이다.

비룡당이 제일당으로 가장 막강하고, 황룡, 흑룡, 적룡, 창
룡의 순서다.

비룡당은 분타주의 호위대 성격을 띠고 있으며, 황룡당, 흑
룡당, 적룡당이 대외적으로 싸움 등을 하는 전투당(戰鬪堂)이
고, 창룡당은 진원분타 안팎의 잡다한 업무와 잡일을 도맡아
서 하고 있다.

문불사의 이름은 지발(遲發)이며 창룡당 낙성향(落星向) 휘
하 광성조(光星組) 소속이라고 한다.

문불사 지발이 진검룡을 안내한 곳은 창룡당이 있는 창룡

전이었다.

그로 미루어 진검룡은 앞으로 진원분타의 잡무를 처리하는 조의 조장이 될 성싶다.

진원분타는 열다섯 채의 크고 작은 전각으로 이루어진 중간급 규모인데, 진검룡이 가고 있는 창룡전은 가장 뒤쪽에 위치해 있었다.

오룡당 중에서 가장 하급인 잡무를 전담 처리하는 부서다운 위치에 있는 것이다.

"이름은?"

"진검룡이오."

창룡당주의 짤막한 물음에 진검룡도 짧게 대답했다.

그러자 커다란 의자에 푹 파묻히듯 앉아 있던 창룡당주와 그 옆에 서 있던 창룡당 추혼향(追魂香) 향주가 똑같이 어? 하는 표정을 지었다.

사십대 중반의 추혼향주는 진검룡을 가리키면서 갑자기 너털웃음을 터뜨렸다.

"허허헛! 당주께서 가장 존경하시는 낙양총부 청룡검신의 존함과 똑같잖습니까?"

둥글고 넙데데한 얼굴에 세 가닥 수염을 기른 사람 좋아 보이는 추혼향주는 '추혼' 이라는 섬뜩한 이름하고는 조금도 어울리지 않는 외모다.

"핫핫핫! 이 친구야! 청룡검신은 나만 존경하는가? 방주 이하 모든 사람이, 아니, 천하무림에서 청룡검신을 존경하지 않는 사람이 누가 있겠는가?"

커다란 덩치에 삐죽삐죽 고슴도치 수염을 기르고 범강장달이처럼 생긴 사십대 후반의 창룡당주가 상체를 뒤로 젖히며 웃음을 터뜨렸다.

"자네, 이름을 바꿀 생각은 없는가?"

추혼향주가 미소를 지으면서 진검룡에게 넌지시 농조로 물었다.

하지만 진검룡은 대답하지 않고 묵묵부답 서 있었다.

창룡당주나 추혼향주에게서는 긴장감이나 투지 같은 것은 한 올도 찾아볼 수가 없었다.

하긴, 창룡당이 진원분타의 잡다한 잡무 처리나 하고 있으니 언제 제대로 싸워봤겠는가.

제아무리 날고 기는 고수라고 해도 오랫동안 싸우지 않으면 실력이 녹슬게 마련인데, 하물며 이런 시골구석의 삼류무사야 오죽하겠는가.

"한 말씀 하시죠."

'진검룡'이라는 이름 하나만 갖고도 계속 웃을 수 있는 일인데 묵묵부답인 진검룡 때문에 분위기가 어색해지자 추혼향주는 이로써 신입 조장의 인사치레를 끝내려고 하였다.

창룡당주는 벙글벙글 웃었다.

"잘 하게."

그것뿐이었다.

진검룡은 추혼향주의 뒤를 따라 창룡전 뒤쪽으로 걸어가
고 있었다.

한 자루 도를 어깨에 묶은 모습인 추혼향주는 뒷짐을 지고
느릿느릿 걸으면서 웃음을 섞어가며 말했다.

"창룡당주께선 아주 훌륭한 분일세. 대력철간(大力鐵幹)이
라는 별호에서도 알 수 있듯이 역발산(力拔山)의 힘과 뛰어난
무위를 지니셨네."

창룡전 뒤쪽은 넓은 연무장이고 그 건너에 다섯 채의 건물
이 늘어서 있었다.

뚝 떨어져 있는 한 채는 창룡당 전용 식당이고, 모여 있는
네 채는 창룡당 휘하의 두 개 향이 사용하고 있다.

즉, 추혼향이 두 채를, 나머지 두 채는 낙성향(落星向)이 사
용한다.

오른쪽의 추혼향이 사용하는 두 채 중 한 채는 번듯하고 좀
작은데, 향주의 집무실과 회의실 등이 있다.

그리고 다른 한 채는 이 층 목조건물로 허름하며 조원들의
숙소로 사용되고 있다.

추혼향주가 창룡당주 대력철간의 훌륭함을 입이 닳도록
칭송하고 있는 중에 추혼향처(追魂香處)에 도착했다.

하지만 그는 건물 안으로 들어가면서도 창룡당주에 대한 칭송을 그치지 않았다.

진검룡이 보기에는 아부 같은 것이 아니고, 추혼향주가 진심으로 창룡당주를 존경하는 것 같았다.

진검룡은 추혼향주의 집무실인 추혼향처로 들어섰다. 입구 안쪽 정면은 아담한 내전이고, 왼쪽에는 세 개의 방이, 오른쪽에는 두 개의 방이 있었다.

추혼향주가 왼쪽 첫 번째 방으로 들어가자 진검룡이 뒤따라 들어갔다.

진검룡이 실내에서 가장 먼저 발견한 것은 여러 명의 청장년들이었다.

모두 여섯 명인데 남자가 네 명에 여자가 두 명으로 십대 후반에서 삼십대 후반까지 다양한 연령대였다.

그들에게는 몇 가지 공통점이 있었는데, 여섯 명 모두 남루한 옷차림이고, 변변한 무기조차 갖추지 못했으며, 얼굴빛이 흐리멍덩하고, 기합이 들어 있지 않다는 사실 등이었다.

第五章

경혼조(驚魂組)

"일어나서 정렬해라. 너희들의 새 조장이다."

추혼향주가 한쪽에 있는 탁자 앞 자신의 자리에 앉으면서 말하자 벽에 기대 있거나 바닥에 퍼질러 앉아 있던 자들이 꿈틀거리면서 일렬 횡대를 만들었다.

진검룡은 천천히 그들 앞으로 가서 우뚝 섰지만 그들을 살펴보지는 않았다.

흥미가 조금도 없었기 때문이다. 하지만 너무 무관심하게 대하는 것도 좋지 않아 보여서 형식적으로 왼쪽부터 오른쪽까지 한차례 슥 훑어보았다.

그리고는 시선을 막 거두려다가 오른쪽 맨 마지막에 서 있는 고개를 푹 숙이고 있는 한 여자의 어깨에 시선이 잠깐 멈추었다.

거기에 눈에 익은 비파가 보였다. 빨간색에 모가지에만 푸른 천이 씌워져 있는 비파는 흔하지 않다.

비파녀, 즉 낭랑이었다. 진검룡에게 동냥을 하고 또 말을 훔쳐서 달아났던 그녀를 이곳에서 다시 보게 된 것이다.

그런데 그녀가 진검룡의 조원이 되다니, 세상은 참으로 넓으면서도 좁고, 우연의 일치치고는 희한했다.

낭랑이 고개를 들지 못하고 푹 숙이고 있는 것은 진검룡을 먼저 발견하고는 감히 그를 똑바로 쳐다보지 못하는 것이다. 지은 죄가 있기 때문이다.

그러나 진검룡은 그녀에게서 곧 시선을 거두고 묵묵히 서 있기만 했다.

그런데 낭랑은 실내가 조용한 것이 아무래도 진검룡에게 발각된 것이라고 지레 여기고 조심스럽게 고개를 들고 그를 쳐다보았다.

"헤헤⋯ 여기에서 또 만나다니 인연⋯ 웅?"

얼굴을 발그레 붉히면서 너스레를 떨던 그녀는 말끝을 흐렸다. 진검룡이 다른 곳을 보고 있었기 때문이다.

그래서 그녀는 진검룡이 자신을 알아보지 못했는데 괜히 찔리는 구석이 있어서 먼저 나섰다고 후회를 했다.

진검룡이 조원들에게 아무 말도 하지 않자 추혼향주는 서

랍에서 돈주머니 하나를 꺼내 탁자에 내려놓았다.

"너희들 조장 이름은 진검룡이다. 자! 이걸로 오늘은 조장 환영회를 하면서 서로 통성명이나 하고 내일부터는 정식으로 근무한다."

아무 말도 없이 서 있는 진검룡 대신 추혼향주가 그를 소개했다.

당주든 향주든, 말단 조장이든 새로 조직을 맡게 되면 아무리 과묵한 사람이라고 해도 앞으로 잘 해보자는 몇 마디 말이라도 하는 법이다.

그러나 추혼향주는 진검룡의 뒷모습을 보면서 빙그레 미소를 지었다.

원래 말이 없는 사람들이 성실하고 사고를 치지 않는다는 사실을 알고 있기 때문이다.

진검룡은 등 뒤 탁자에 돈주머니가 놓이는 소리를 들었으나 움직이지 않았다.

대신 여섯 명의 조원 중에서 네 명의 눈이 반짝 빛을 발하며 동시에 시선이 돈주머니로 향했다.

물론 그중에는 낭랑도 끼어 있다. 그리고 그녀의 눈이 가장 반짝거렸다.

다른 세 명의 눈이 빛나는 이유는 오늘 밤에 거하게 마실 수 있게 됐다는 것 때문이지만, 낭랑은 돈이라면 본능적으로 흑심이 샘물처럼 생겨난다.

"아하하! 향주께선 정말 너그러우시군요! 그럼 감사히 받
고 잘 마시……."

"이건 내가 보관해 두지."

낭랑이 슬금슬금 탁자로 다가가서 돈주머니를 잡으려고
하는데 갑자기 왼쪽 끝에 서 있던 또 한 명의 여자가 재빨리
진검룡의 곁을 스쳐 지나 돈주머니를 먼저 낚아챘다.

그녀가 진검룡 곁을 스쳐 지날 때 진한 쇠붙이 냄새가 확
풍겼다.

그녀는 양쪽 허리, 아니, 엉덩이 쪽 허리에 한 자 반 길이의
쌍도를 차고 있었는데, 그렇다고 해서 그것 때문에 쇠붙이 냄
새가 풍기지는 않는다.

그것은 그녀가 품속에 쇠붙이, 즉 암기를 감추고 있다는 뜻
이었다.

이 정도의 쇠 냄새라면 꽤 많은 암기일 것이다. 여자와 암
기는 예로부터 잘 어울리는 궁합이다.

그녀가 돈주머니를 품속에 갈무리하자 낭랑을 제외한 다
른 네 명은 당연하다는 표정을 지었다.

낭랑은 돈주머니를 챙긴 암기녀를 아무도 모르게 날카롭
게 쏘아보면서 살폈다.

앞으로 경계해야 할 제이호로 정한 것이다. 물론 경계 제일
호는 진검룡이다.

척!

"하하하! 갑시다, 조장! 내가 잘 트고 지내는 단골 기루로 안내하겠소이다!"

그때 조원 중 한 명이 진검룡 옆으로 성큼성큼 걸어오더니 그의 어깨에 팔을 두르며 친근하게 말하면서 입구 쪽으로 이끌었다.

어딜 가든 상전에게 맞먹으려는 이런 자들이 꼭 있다. 향주나 당주에겐 굽실거리지만, 바로 위 상전하고는 트고 지내야 직성이 풀리는 자들이다.

그래야지만 자신의 위신이 서고 또 앞으로 편해질 것이라고 착각을 하기 때문이다.

그자는 키가 진검룡보다 조금 더 크고 체구는 작은 산처럼 우람했다.

뚱뚱한 것이 아니라 순전히 다 근육덩이다. 그래서 그자는 당연히 조원들 중에서 덩치가 가장 컸다.

그러자 다른 다섯 명의 조원들 눈이 다른 의미에서 가볍게 빛났다. 과연 이 상황에서 진검룡이 어떻게 대처하는지를 기대하는 것이다.

진검룡은 묵묵히 왼손을 들어 그자의 손목을 잡았다. 누가 보더라도 어깨에서 치우려는 의도가 분명하다.

덩치는 다른 조원들에게 눈을 찡긋해 보이면서 일부러 팔에 힘을 주었다.

조원들은 물론 추혼향주마저 빙그레 미소 지으면서 그 광경을 지켜보았다.

이것을 조장으로서 거쳐야 할 작은 통과의례라고 여기는 듯했다. 하지만 자못 귀추가 주목되는 상황이다.

진검룡은 키는 크지만 호리호리한 체구라서 누가 보더라도 힘으로는 절대로 덩치의 상대가 되지 못할 것 같았다.

그런데 진검룡은 아무렇지도 않게 덩치의 손목을 잡고 팔을 가볍게 들어 올렸다.

조원들은 어? 하는 표정을 지었고, 추혼향주는 여전히 빙그레 미소만 지었다.

그러자 덩치가 조금 더 힘을 주는 것이 조원들 눈에 역력하게 보였다.

그런데도 덩치의 팔은 조금씩 들어 올려졌다. 힘과 힘이 부딪치면 어느 한쪽이 다치는 것이 이치다.

뚜둑.

덩치가 지나치게 힘을 주다 보니까 갑자기 팔꿈치가 어긋나는 소리가 터졌다.

"으으… 졌소."

결국 덩치는 짓이기는 듯한 신음을 흘리며 항복했다.

진검룡이 손을 놓자 덩치는 오른손으로 왼팔을 부여잡고 고통스러운 듯 땀을 뻘뻘 흘렸다.

비로소 조원들은 조금쯤은 새삼스러운 표정으로 진검룡을 쳐다보았다.

그렇지만 곧 재미있게 돼간다는 표정을 짓는 조원이 더 많아졌다.

인사도 하지 않고 방을 나가는 진검룡의 등을 향해서 추혼향주는 여전히 미소를 지으면서 덧붙였다.

"진검룡 진 조장, 자네 조는 앞으로 경혼조(驚魂組)일세. 그리고 정원은 정해진 것이 없네만 다른 조들은 평균 십오 명에서 이십 명 선일세. 모자라는 조원은 조만간 채워주겠네. 아니면 자네가 직접 구해도 상관없네."

십오 명에서 이십 명 정원에 진검룡의 경혼조는 고작 여섯 명뿐이다. 절반도 안 된다.

진검룡이 뚝 멈추자 그가 무엇을 물을 것인지 짐작한다는 듯 추혼향주가 다시 말했다.

"숙식은 추혼향처 옆에 있는 숙소와 식당에서 해결하면 되네. 하지만 숙소에서 지내는 조장은 한 명도 없네. 만약 자네가 밖에 숙소를 정한다면 분타에서 매월 열 냥을, 식사까지 밖에서 한다면 이십 냥을 지원해 준다네."

조장 녹봉이 얼만지는 몰라도 후한 인심이다.

"어디가 좋겠어요?"

진원분타 전문을 나서자 추혼향주가 준 돈주머니를 품속에 갈무리했던 암기녀가 진검룡 뒤에서 물었다.

목소리가 카랑카랑하고 아담한 키와 가녀린 체구인데, 긴

머리카락을 가운데 하나로 묶었으며, 허름하지만 깨끗이 빤 녹의경장을 입었다.

"밥도 좋고, 술도 좋고, 계집들이 있는 기루도 좋아요. 이 정도 돈이면 밥과 술은 밤새도록 코가 삐뚤어지게 마실 수 있고, 기녀라면 조장하고 다른 한 명 정도만 끼고 뒹굴 수 있을 거예요. 물론 재미도 볼 수 있습니다."

암기녀는 체구와 용모로만 치자면 평범한 가정의 얌전한 소녀로 보인다.

하지만 언행은 막 굴러먹은 사내 열 명 정도는 순전히 말만으로 찜을 쪄먹고도 남음이 있을 정도로 닳고 닳았다.

아까 잘 아는 기루로 안내하겠다면서 진검룡에게 맞먹으려고 들었던 덩치는 아픈 왼팔 팔꿈치를 붙잡고 연신 끙끙거리느라 더 이상 기루로 가자는 소리를 하지 못했다.

사실 그의 팔꿈치는 부러지거나 삐지 않았다. 단지 뼈와 근육이 가볍게 격탕된 것뿐이다.

그것은 진검룡이 그에게 내리는 가벼운 징벌이었다. 아픈 곳은 시간이 지나면 자연히 풀릴 것이다.

낭랑은 진검룡에게 지은 죄가 있고, 또 돈주머니를 채가려다가 작은 망신을 당한 탓에 꿀 먹은 벙어리가 되어 일행의 뒤에서 졸졸 따라오기만 했다.

나머지 다른 사내들은 이래도 좋고 저래도 좋다는 얼굴로 진검룡을 쳐다보고 있었다.

그래서 진검룡이 찾아간 곳이 무악네 주루다.

　그곳은 진원분타에서 진원현 거리로 들어오다가 첫 번째로 만나는 주루다.

　그래서 조원들은 이곳 물정을 잘 모르는 진검룡이 아무 곳이나 선택한 것이라고 짐작했다.

　무악네 주루 앞에 모여선 조원들 얼굴에 실망이 역력하게 떠올랐다.

　그들 딴에는 진검룡이 조원들하고의 첫 만남이라서 좀 더 근사한 곳으로 갈 줄 알았다.

　"이 집 요리 한 번 맛보고 나면 어디 가서 죽을 때 이 집 요리 생각만 날 게야."

　그때 조원들 중에서 나이가 가장 많아 보이는 사내가 점잖게 말했다.

　그는 삼십대 후반의 나이인데도 오륙십대로 보일 만큼 허리가 구부정하고 얼굴이나 손이 거멓고 까칠하며 주름이 많았다.

　"아무 데나 들어가자구."

　그러자 턱이 뾰족하고 눈이 가느다란 이십대 후반의 마치 족제비처럼 생긴 사내가 조원들 등을 떠밀면서 주루 입구로 향했다.

　"어서 들어오시오, 조장."

족제비가 조원들을 우르르 몰고 주루 안으로 들어가면서 진검룡을 돌아보며 씩 미소 지었다.

그는 오른손에 일곱 자 길이의 한 자루 창을 쥐었고, 다부진 체구에 마치 대머리처럼 이마 쪽 머리 한가운데가 움푹 파여진 모습이다.

진검룡이 주루 입구로 걸어가는데 안에서 무악의 난감한 듯한 목소리가 들렸다.

"오늘은 영업이 끝났습니다. 죄송합니다."

"뭐야? 오늘 이 어르신들께서 새 조장님을 모시고 왔으니까 잔말 말고 영업해라, 꼬마야!"

"그래도 곤란합니다. 안에 손님이 와 계셔서……."

"손님? 손님 온 것하고 우리하고 무슨 상관이야? 우리도 손님이다. 앞으로 이 마을에서 장사 계속하고 싶으면 쓸데없는 소리는 하지 않는 게 좋아."

족제비가 무악을 몰아붙이면서 으르딱딱거리는 소리가 주루 밖에까지 시끄럽게 들렸다.

그의 목소리는 흡사 까마귀가 깍깍거리는 것 같아서 몹시 귀에 거슬렸다.

"이봐. 그만 가세."

"못 가! 아니, 안 가! 이것들이 날 뭘로 보고서!"

삼십대 후반의 노인네 조원이 좋게 타일러도 족제비는 들으려고 하지 않았다.

"정말 죄송합니다. 다음에 다시 오시면 맛있는 요리를 대접해 드리겠으니 오늘은 이만 돌아가 주세요."

그때 여인의 차분한 목소리가 들렸다. 무악의 어머니가 나선 것이다.

그러자 주루 안이 잠잠해졌다. 필경 단골인 삼십대 후반 노인네를 제외한 모두들 여인의 미모와 그녀의 현숙한 분위기에 놀랐을 것이다.

"아니… 억지를 부리는 것이 아니라… 우린 진원분타 사람들인데 오늘 새로 온 조장을 모시고 환영회를 하려고……."

족제비가 어눌한 까마귀 소리로 여인에게 변명 아닌 변명을 늘어놓는 소리가 들렸다.

그때 주루 문을 열고 진검룡이 들어섰다. 조원들을 다른 곳으로 데려가려는 것이다.

문 열리는 소리에 조원들이 뒤돌아보고 진검룡을 발견하고는 족제비와 노인네가 어눌하게 입을 열었다.

"아… 조장."

"이 주루가 오늘 영업을 하지 않는다고 해서……."

그때 여인과 무악이 진검룡을 발견하고 동시에 나직한 탄성을 터뜨렸다.

"아!"

"앗!"

두 사람은 눈도 깜빡이지 않고 진검룡을 바라보며 그 자리에서 얼어붙었다.

진검룡은 몸을 돌려 다시 나가려고 했다. 영업을 하지 않는 다면 다른 곳을 찾아봐야 한다.

"가자."

순간 여인과 무악이 동시에 외쳤다.

"영업해요!"

"여기예요."

무악이 진검룡을 안내한 곳은 주루 뒤편의 별채였다. 그가 단은한을 치료했던 곳이다.

조금 전에 진검룡과 여섯 명의 조원이 주루에 자리를 잡고 앉자 무악이 살짝 진검룡을 불러내더니 별채에서 단은한의 부친 단왕이 기다리고 있다는 말을 전해준 것이다.

진검룡은 귀찮았으나 단왕을 만나지 않으면 그가 주루로 직접 찾아와서 조원들이 있는 곳에서 귀찮게 할까 봐 직접 해결하는 수밖에 없다고 생각했다.

별채 입구에는 십여 명의 경장인들이 철탑처럼 지키고 서 있었다. 단왕의 호위무사들이다.

"이분이에요."

무악이 겁먹은 얼굴로 말하자 별채 입구를 지키고 있는 대여섯 명의 호위무사 중에 우두머리로 보이는 자가 정중히 별채 안을 가리켰다.

"드시지요."

진검룡이 별채 안으로 들어가자 호위무사들이 무악을 가로막았다.

척!

"드십시오."

호위무사가 열어주는 방문을 통해서 진검룡은 성큼 안으로 들어섰다.

"상공!"

순간 침상 위에 앉아 있던 단은한이 나는 듯이 몸을 날려 진검룡에게 달려왔다.

그러더니 말릴 새도 없이 그의 품으로 뛰어들며 와락 눈물을 쏟아냈다.

"으앙! 어디 가셨댔어요! 얼마나 보고 싶었는지 아세요? 다시는 못 만나는 줄 알았어요! 엉엉!"

침상 가 의자에 앉아 있던 단천뢰는 그 광경을 보고 적잖이 놀라는 표정을 지었다.

단은한은 유별난 성격이라서 젖먹이 때부터 부모 외에는 아무도 따르지 않았었다. 오죽하면 유모가 안아도 자지러질 듯이 울었겠는가.

불치병이 있다는 사실을 알게 되고 나서는 더욱 안으로만 움츠러들어서 마치 단단한 소라 껍질 속에 자신을 감추고 사는 듯했었다.

그런데 지금 진검룡을 보더니 절친했던 친오빠가 죽었다가 살아서 돌아온 것처럼 행동하지 않는가.

그 광경을 보는 단왕 단천뢰는 자신의 눈을 의심했다. 그러나 곧 한 가지 사실을 깨달았다.

단은한이 그동안 규중 깊숙이 갇힌 채 너무도 외롭게 살아왔으며, 자신의 목숨을 구해준 진검룡에게 정을 느끼고 있다는 것이다.

단천뢰는 아비로서 거기까지는 미처 생각하지 못했었는데 이제야 깨닫고 딸에게 미안한 마음이 들었다.

진검룡은 품에 매달리듯 안긴 단은한의 머리를 부드럽게 쓰다듬으면서 물었다.

"은한아, 몸은 어떠냐?"

"호호홋! 최고예요! 당장에라도 날아갈 것만 같아요!"

진검룡이 마치 큰오빠처럼 자상하게 묻자 단은한 역시 막내 여동생이라도 된 것처럼 까르르 웃으며 코 먹은 소리로 탄성을 터뜨렸다.

그것은 틀림없는 애교다. 기분이 좋아야 부친에게만 아주 가끔 부리는 애교이며 아양이다.

지금 딸이 낯선 사내의 품에 안겨서 피어나는 꽃봉오리처럼 한껏 화사하게 애교를 부리고 있다.

더구나 그것은 단천뢰로선 한 번도 보지 못했던, 아니, 받아본 적이 없는 극상의 애교이며 아양이었다.

하지만 단천뢰는 질투 따윈 조금도 느끼지 않았다. 지금은 그럴 계제가 아니다.

아니, 그는 세상이 다 알아주는 호걸이고 대인이라서 이런 상황을 기쁘게 여길지언정 속 좁게 굴지는 않는다.

이윽고 진검룡은 떨어지지 않으려고 버둥거리는 단은한을 부드럽게 떼어놓았다.

그리고는 그녀를 번쩍 안고는 침상에 조심스럽게 눕히며 타일렀다.

"얌전히 누워 있어라."

"네!"

단은한은 진검룡이 눕혀준 대로 누운 채 제비새끼처럼 입을 크게 벌리며 대답했다.

그러는 동안 단천뢰는 진검룡을 유심히 살펴보고 있었다.

그는 무수히 많은 사람들을 접해봤기 때문에 사람을 한 번 척 보기만 하면 웬만한 것들은 다 꿰뚫어 보는 능력이 있다고 자신했다.

그런데 진검룡을 살피던 단천뢰의 표정이 흐려졌다. 어찌된 일인지 그에게서는 아무것도 알아낼 수가 없었다.

그것은 마치 진검룡이 보이지 않는 두터운 막으로 감싸져 있는 것 같은 느낌이다.

하지만 한 가지만은 어렴풋이 감지할 수가 있었다. 진검룡이 범상한 인물이 아니라는 것. 아니, 발톱을 감춘 호랑이라는 사실이다.

"자넨 누군가?"

이윽고 단천뢰는 앉은 채 진검룡을 올려다보면서 위엄있는 목소리로 불쑥 물었다.

오랜 세월 동안 높은 권좌에 앉아서 오만하게 아래를 굽어보는 것이 몸에 배어 있는 태도다.

우뚝 서 있는 진검룡은 앉아 있는 단천뢰를 굽어보면서 무심한 얼굴로 조용히 말문을 열었다.

"한 가지 요구하겠소."

"무언가?"

"지금 이후 날 귀찮게 하지 마시오."

순간 단천뢰의 안색이 가볍게 변했다.

사람이란 누군가에게 은혜를 베풀면 응당 그것에 대한 보답을 원하게 마련이다.

진검룡은 단은한을 완치시켜 놓고서 홀연히 사라졌다가 다시 나타났다.

그래서 단천뢰는 그것이 진검룡의 계획일지도 모른다고 판단했다.

즉, 뜸을 들였다가 더 큰 대가를 얻어내려는 수작이라고 생각한 것이다.

그런데 단천뢰의 예상이 틀렸다. 틀려도 그냥 틀린 것이 아니라 완전히 빗나가 버렸다.

진검룡은 앞으로 자신을 귀찮게 하지 말라는 이해하기 어려운 요구를 하고 있는 것이다.

"그게 무슨 말인가?"

"내가 은한을 치료한 것을 잊어달라는 말이오."

단천뢰는 어이없다는 표정을 지었다.

"왜 그런가?"

단천뢰는 진검룡이 가볍게 미간을 좁히는 것으로 미루어 그가 말하는 것을 극히 싫어하는 성격이라고 판단했다.

"귀찮기 때문이오."

전혀 예상하지 못했던 대답이다.

그러나 단천뢰는 오히려 진검룡에게 진한 흥미를 느끼기 시작했다.

그는 이날까지 살아오면서 별별 사람을 다 만나봤지만 진검룡 같은 인물은 처음이었다.

그러나 진검룡은 그 말을 끝으로 몸을 돌려 방문 쪽으로 성큼성큼 걸어갔다. 자신의 볼일은 끝났다는 투다.

단천뢰는 움찔 놀랐지만, 단은한은 칼로 목을 찔린 것처럼 자지러졌다.

"가지 말아요!"

단천뢰는 이제 막 진검룡에게 흥미를 느끼기 시작했는데 그가 가려고 하자 허를 찔린 듯한 표정을 지었다.

그래서 그는 또 깨달았다. 진검룡을 자신이 알고 있는 최상

의 예의로 대해야 한다는 사실을. 그를 시험하려고 했던 행동
이 실수였다는 사실을.

"은공, 기다리시오."

단천뢰는 벌떡 일어나 정중히 포권을 하며 진검룡을 불렀
다.

척!

그러나 진검룡은 그대로 방문을 열었다.

단천뢰는 또다시 허를 찔렸다. 자신이 알고 있는 최상의 예
의 따윈 진검룡에게 통하지 않는다.

진검룡 같은 인물을 단천뢰로선 한 번도 만나본 적이 없거
늘 어찌 그런 인물을 대하는 예의를 알 수 있겠는가.

이럴 때는 상대에게 맡겨야 한다. 그런데 상대가 그냥 가버
리고 있지 않은가.

경륜이 풍부하다고 자부하는 단천뢰지만 이런 상황에서는
어찌해야 하는지 알 수가 없어서 마음이 다급했다.

"우웩!"

"은한아!"

그때 놀라서 상체를 일으키던 단은한이 느닷없이 핏덩이
를 토해내자 단천뢰는 질겁하며 다급히 외쳤다.

뚝.

진검룡은 막 나가려다가 뒤돌아보더니 방문을 닫고 다시
침상 가로 돌아왔다.

"아… 상공… 가지… 말아요……."

단은한은 바들바들 떨리는 손을 진검룡에게 뻗으며 작은 목소리로 애원했다.

그녀의 안색은 창백하다 못해서 파리했으며 숨결이 미약했다. 일껏 완치시켜 놨는데 큰 충격을 받고 기혈이 요동치고 있는 것이 분명했다.

"어… 찌 된 일이오?"

단천뢰는 사색이 돼서 어찌할 바를 몰라 하며 허둥거렸다. 단은한이 죽는다면 그 역시도 살아가지 못할 터이다. 그만큼 딸을 사랑하기 때문이다.

그런데 진검룡은 다짜고짜 단은한의 옷을 벗겼다. 상의는 물론 하의까지 다 벗겨냈다.

단천뢰는 깜짝 놀라서 급히 외면했다. 아무리 딸자식이지만 벌거벗은 몸을 볼 순 없기 때문이다.

그러나 진검룡은 지금 이 자리에서는 의원이다. 단은한의 목숨은 그의 손에 달려 있다.

궁금증을 참지 못하고 단천뢰가 살짝 돌아보자 제일 먼저 단은한의 얼굴이 창백해져서 숨이 넘어가고 있는 듯한 모습이 보였다.

진검룡은 두 손으로 단은한의 작고 여린 몸 전체를 부지런히 쓰다듬으며 주무르고 또 비벼대고 있었다.

단천뢰가 절망적인 표정으로 진검룡의 얼굴을 쳐다보자

그는 엄숙한 모습으로 구슬땀을 흘리고 있었다.

그것을 보면서 단천뢰는 자신이 얼마나 잘못했는지를 뼈저리게 절감했다.

그가 거만하게 앉아서 진검룡을 대한 것은 그를 시험해 보기 위해서였다.

그런데 진검룡이 전혀 뜻하지 않은 반응을 보였다. 그 상황에서도 단천뢰는 진검룡의 사람됨을 파악하지 못하고 말장난을 하려고 들었다.

그래서 처음부터 진심 어린 예의로써 그를 대했다면 이런 일은 벌어지지 않았을 것이라는 후회가 엄습하는 것이다.

단은한은 몸에 거의 뼈만 남았다. 십오륙 세 소녀답지 않게 젖가슴도 거의 없고, 옥문에는 노리끼리한 음모 몇 가닥만 생겨난 정도다.

불치병으로 인한 발육부진이다. 혈맥이 제대로 소통되지 않기 때문에 먹은 것이 뼈와 살로 가지 않는 것이다. 병을 앓고 있으니 입맛이 있을 리 없다.

그나마도 먹은 것이 몸으로 가지 않으니 뼈에 가죽만 입혀놓은 모습이 되는 것이 당연하다.

그로부터 이각 정도의 시간이 흐른 후에 진검룡은 단은한에게서 손을 떼고 옷을 입혀주었다.

단은한은 점차 발그레 혈색이 돌아오는 모습으로 깊은 잠에 빠져 있었다.

"은공……."

"내 말 잘 들으시오."

단천뢰가 급히 말하려는 것을 진검룡이 여지없이 잘랐다.

"지금 즉시 은한을 데리고 이곳을 떠나서 다시는 나타나지 마시오."

진검룡은 단천뢰를 마치 철천지원수를 대하듯 하고 있다. 그로서는 그러는 것이 당연하다. 그는 지금 단은한을 구해준 것을 후회하기 시작했으므로.

"나는 이곳 진원현에 머물 생각이오. 그런데 당신들이 드나들면 사람들이 오해를 할 수 있소. 이후 이곳에서 단왕가 사람을 보지 않도록 해주시오. 약속하겠소?"

단천뢰는 큰 충격을 받은 듯한 표정으로 진검룡을 망연히 바라보았다.

어떻게 그런 약속을 쉽사리 할 수가 있겠는가. 자신이 진검룡에게 품고 있는 진한 호기심을 차치하고서라도, 진검룡은 목숨보다 소중한 딸의 생명의 은인이 아닌가.

그러나 이제 진검룡은 진원분타의 조장으로서 남은 인생을 살아가야 한다.

그는 천의맹 낙양총부로의 복귀를 희망하지 않는다. 이곳에서 뼈를 묻을 생각이다.

그런데 자신이 단왕가하고 관계가 있다는 사실이 드러나면 조용한 조장 생활을 할 수 있을 리가 없다.

사실 그로서는 결사적이다. 가장 꼭대기에서 한순간에 가장 밑바닥으로 전락했는데, 이곳에서도 말썽이 일어나면 이제는 갈 곳이 없는 것이다.

　"부디 내가 은한을 살린 것을 후회하지 않게 해주시오."

　진검룡의 말을 들으면서 단천뢰의 표정은 점점 더 엄숙하게 변했다.

　그러나 이대로 물러날 수는 없다. 진검룡에게 은혜를 갚는 것과 또 단천뢰 자신이 그에게 느끼고 있는 호기심을 접는다고 해도, 이후 딸이 또 발작을 하게 되면 그때는 어찌해야 할는지 생각만 해도 눈앞이 캄캄해진다.

　단천뢰는 잠시 생각 끝에 진중하게 입을 열었다.

　"두 가지만 약속해 주면 은공의 말씀에 따르겠소이다."

　맹세코 그는 이날까지 어느 누구에게도 이런 식의 저자세를 보인 적이 없었다.

　진검룡은 방갓 아래로 자신보다 머리 하나쯤 작은 단천뢰를 굽어보았다. 말해보라는 뜻이다.

　단천뢰의 표정은 매우 진지하고 엄숙했다.

　"은한이 발작을 일으키면 은밀하게 연락을 취할 테니 즉시 와주시오. 그리고 그런 일이 없더라도 가끔 단왕가를 찾아와 주시오."

　진검룡은 한시바삐 이 골칫거리에서 벗어나고 싶은 마음이라서 대충 고개를 끄덕였다.

"또 한 가지는, 언제든지 내 도움이 필요하면 기탄없이 말해달라는 것이오."

진검룡은 다시 고개를 끄덕였다. 그러면서 그럴 일은 결코 없을 것이라고 생각했다.

第六章
술귀신들

大中原

경혼조 조원들의 술자리가 무르익었다.

모름지기 사람의 속을 알고 싶으면 몹시 취하도록 술을 마시라고 했다.

한 가지 다행스런 일은, 진검룡을 비롯해서 조원 여섯 명이 모두 술을 잘 마신다는 사실이다.

주루에는 손님이 진검룡과 여섯 명의 조원들뿐이다. 무악 모친이 다른 손님은 일체 받지 않았기 때문이다.

그리고 그녀는 주방에서 솜씨를 발휘하여 갖가지 요리를 정성껏 만들었으며, 무악은 무엇이 그리 좋은지 연신 싱글벙글 웃음을 감추지 못하면서 부지런히 요리와 술을 진검룡의 탁자로 날랐다.

요리와 술을 나르지 않을 때의 무악은 멀찍이에서 흘린 듯한 표정으로 진검룡을 바라보았다.

방금 여섯 조원이 각자의 소개를 끝냈다.

비파녀의 이름은 그녀가 불렀던 비파행의 내용대로 '낭랑'이었다.

그녀는 진원분타에서 무사를 모집한다는 소문을 듣고 찾아와서 그다지 어렵지 않은 몇 개의 관문을 통과한 후 경혼조원이 되었다.

그녀는 자신의 취미가 비파를 타는 것이라고만 말했을 뿐다른 것에 대해서는 입을 다물었다.

진검룡의 어깨에 팔을 올렸다가 된통 당한 덩치는 이름이장관웅(張寬雄)이다.

예전에는 진원분타 적룡당 휘하였는데 말썽을 일으켜서뇌옥에 한 달 동안 갇혔다가 풀려나 창룡당 추혼향으로 쫓겨났다고 한다.

장관웅은 자신이 일으킨 말썽에 대해서 거리낌없이 웃으며 떠벌렸다.

적룡당 휘하로 싸움에 나갔다가 평소 의견 충돌이 잦은 조장과 말다툼이 벌어져서 끝내 주먹 다툼으로 번졌는데 결국조장의 코를 부러뜨리고 말았다는 것이다.

장관웅은 그 일 때문에 뇌옥에 갇히고 적룡당에서 쫓겨났을 뿐만 아니라 녹봉까지 감봉되었다.

그런데도 그는 추호도 후회하는 기색이 아니다. 그 당시의 싸움 얘기를 마치 굉장한 무용담이라도 늘어놓듯 손짓 발짓까지 하면서 자랑스럽게 떠벌려 댔다.

하지만 진검룡을 비롯해서 다섯 명의 조원은 그저 무덤덤하게 들을 뿐이다.

조원들 중 일부는 장관웅에 대해서 잘 알고 있고, 모르고 있는 조원들도 별로 흥미를 느끼지 않았다.

반응이 시큰둥하니까 장관웅은 제풀에 김이 빠져서 슬그머니 얘기를 끝냈다.

암기녀도 원래 진원분타에 속해 있었다. 그녀는 자신의 이름이 주소영(朱小瑛)이라고만 말하고는 낭랑처럼 입을 다물어 버렸다.

그녀가 말이 없는 성격이라서가 아니다. 오히려 그녀는 어떤 상황이라도 할 말은 해야 직성이 풀리는 성격인 듯했다.

단지 자신에 대해서 이러쿵저러쿵 떠벌리는 것이 싫던가 이름 외에는 내놓을 만한 것이 없는 듯했다.

보통 각자 자기소개를 하는 이런 자리에서는 실제보다 훨씬 과장해서 자신을 선전하게 마련인데, 그런 점에서 암기녀 주소영은 특이했다.

뾰족턱 족제비는 낭랑처럼 소문을 듣고 왔다고 한다. 그는 주소영하고는 완전히 극과 극의 성격을 가졌다.

그가 자신에 대해서 소개하는 데 사용한 시간은 다른 다섯 명을 다 합친 것보다도 길었다.

　그의 소개는 참으로 장황하기 짝이 없었다. 자신이 어디어디 대단한 곳에서 얼마나 귀한 대접을 받았다는 것, 또 자신이 그곳에 있으면서 세운 공과 무용담 등을 뾰족턱을 쉴 새 없이 흔들면서 침을 튀겨가며 떠들어댔다.

　그렇지만 사람들 귀에는 그저 까마귀가 시끄럽게 짖어대는 소리로만 들리는 듯했다.

　다들 감중연하는 표정으로 술잔만 기울이고 있을 뿐 별로 관심을 기울이지 않았다.

　그의 설레발이 끝날 기미를 보이지 않자 지겹다는 듯 주소영이 툭 내뱉었다.

　"그렇게 공을 많이 세우고 좋은 대접을 받았으면 그곳에 붙어 있지 이런 촌구석엔 뭐 파먹을 게 있다고 왔어?"

　"그건……."

　주소영의 그 한마디로 족제비 조제(趙濟)는 입을 다물었다.

　그녀의 입은 칼이고 말은 암기였다.

　"동풍(東風)입니다. 원래 추혼향 휘하였습니다. 앞으로 잘 부탁합니다."

　그렇게 나긋나긋하고 조용한 목소리로 자신을 소개한 사람은 언뜻 봐도, 그리고 자세히 들여다봐도 영락없는 서생의 모습을 하고 있었다.

그를 한마디로 설명한다면, 정말 잘생겼다는 것이다.

"진짜 이름이 동풍이야?"

진검룡에게 지은 죄가 있어서 될 수 있는 대로 찌그러져 있으면서 말을 하지 않으려던 낭랑이 호기심 어린 표정으로 서생에게 물었다.

"그렇다오."

낭랑이 반말을 찍찍 하는데도 동풍은 전혀 기분 나쁘지 않은 듯 부드럽게 미소 지으면서 조용히 대답했다.

낭랑은 무슨 말인가 더 하려다가 진검룡이 자신을 쳐다보고 있는 것을 발견하고는 입을 다물고 고개를 숙인 채 술잔만 쪽쪽 빨았다.

마지막은 경혼조의 최고 연장자인 삼십대 후반의 노인네가 늙수그레한 목소리로 입을 열었다.

"와평(臥平)이오. 나도 원래 추혼향 휘하외다. 아무쪼록 친하게 지냅시다."

이어서 그는 벌떡 일어나서 동생 아니면 딸이나 막내 동생뻘 되는 사람들에게 두루 포권을 해 보이며 사람 좋은 웃음을 지어 보였다.

경혼조 일곱 명 중에서 조장인 진검룡과 낭랑, 조제 세 명이 외부에서 흘러들어 왔고, 나머지 네 명은 진원분타 토박이들이었다.

탁자에는 요리가 넘쳐 났다. 그릇을 다 비우지도 않았는데 요리가 식으면 무악이 잽싸게 가져가고 곧 다른 요리가 모락모락 김을 피우면서 나왔다.

그러기를 이십여 차례나 됐으나 경혼조 사람들은 아무도 그만 가져오라고 말하지 않았다.

진검룡은 거의 술만 마셨으나 다른 여섯 명은 술도 많이 마셨고 요리도 많이 먹었다.

배가 부르다고 씩씩거리면서도 요리가 너무 맛있어서 젓가락을 내려놓지 못했다.

"야아… 와 형, 이 집 진짜로군. 요리 솜씨가 최고야."

덩치 장관웅이 만삭처럼 커진 배를 움켜쥐고 씨근거리면서 엄지손가락을 치켜세웠다.

"거봐, 내가 뭐랬나."

와평은 빙그레 미소 지었다.

그리고 나서도 다들 먹는 것에만 열중했다.

침묵이 일다경쯤 이어지고 있을 때 조제가 젓가락으로 요리를 뒤적이면서 넌지시 말했다.

"이제 조장 차례요."

그 말에 다들 동작을 멈추고 힐끗 진검룡을 주시했다.

아무리 먹기에 바빠도 새로운 조장, 그것도 묘한 매력과 수상한 구석, 덩치 장관웅의 기세를 단번에 꺾어놓은 제법 괜찮은 실력을 갖춘 조장의 인사를 흘려들을 수는 없다는 표정들이다.

진검룡이 빈 잔을 내려놓자 멀찍이 앉은 낭랑이 잽싸게 두 손으로 술을 따랐다.

그렇게 해서라도 지은 죄를 벌충하겠다는 눈물겨운 뜻이었지만, 그것을 모르는 조원들의 눈에는 아부로 보였다.

진검룡은 술잔을 들면서 조용히 중얼거렸다.

"나는 진검룡이다."

"케케케! 청룡검신 진검룡이오?"

조제가 어깨를 들썩이면서 은근히 비아냥거렸다.

그러나 아무도 웃거나 반응을 보이지 않자 그는 어깨를 으쓱하며 그만두었다.

역시 촌구석이라서 나의 격조 높은 농담이 먹히지 않는군이라는 의미인 듯했다.

암기녀 주소영이 칼을 삐죽거렸다. 입만 열었다 하면 어김없이 누군가를 난도질하는 말이 튀어나오는 입술을 삐죽거렸다는 얘기다.

"조장으로서의 각오나 하고 싶은 말은?"

그녀는 아무에게나 반말을 하는데 새 조장에게도 그러려는 것 같았다.

진검룡은 창룡당주가 자신에게 했던 말을 그대로 옮겼다.

"잘 해보자."

모두들 진검룡에게서 시선을 거두지 않았다. 설마 인사말이 그것뿐이라고는 생각하지 않는 듯했다.

그런데 잠시가 지나도 진검룡이 아무 말 없이 술만 마시자 다들 어이없다는 표정을 지었다.

"그게 전부야?"

주소영의 칼이 벌어지며 암기가 튀어나왔다.

진검룡은 대꾸하지 않고 술만 마셨다.

노인네 와평이 껄껄 웃었다.

"허허허! 잘 해보자는 인사말보다 더 좋은 게 어디 있나? 조장님 말씀 잘 들었지? 모두들 잘 해보자구! 안 그런가?"

서생 동풍만 빙그레 미소 지으며 고개를 끄덕였다.

"그렇군요. 찬바람이 불고 낙엽이 떨어지고 눈이 오고 얼음이 어는 등 설왕설래해도 결국은 '겨울이 온다'는 한 가지 뜻이지요."

"어유~ 또 저놈의 알아먹지도 못하는 동문서답."

주소영이 동풍에게 인상을 써 보이고는 냅다 술을 입속에 쏟아부었다.

노인네 와평이 삼십팔 세.

족제비 조제가 이십구 세.

덩치 장관웅이 이십칠 세.

서생 동풍이 이십사 세.

비파녀 낭랑이 이십일 세.

암기녀 주소영이 십구 세.

와평이 제일 연장자고 주소영이 막내다.

그러나 막내가 제일 무섭다.

"어이! 꼬… 마야! 여기 올매냐!?"

몹시 취한 주소영이 상체를 흔들거리면서 혀 꼬부라진 소리로 저만치 서 있는 무악을 불렀다.

무악이 쪼르르 달려와서 공손히 대답했다.

"어머니께서 돈을 받지 말라고 말씀하셨습니다."

주소영의 동공은 완전히 풀린 상태다.

"엥? 공짜… 라규? 우리가 거진가? 거지야? 그래도… 공짜라니까… 좋구나……. 딸꾹!"

그러더니 그녀는 스르르 고개를 숙였다. 잠이 든 것이다.

그때 진검룡이 주소영의 앞섶으로 손을 쑥 집어넣자 보고 있던 무악이 깜짝 놀랐다.

그러나 진검룡이 주소영 품속에서 돈주머니를 꺼내는 것을 보고 괜한 오해를 한 것 같아 얼굴을 붉혔다.

슥—

진검룡이 돈주머니를 통째로 내밀자 무악은 펄쩍 뛰며 두 손을 마구 저었다.

"아, 안 됩니다. 괜찮습니다."

그러나 진검룡을 돈주머니를 내민 채 꼼짝도 하지 않았다.

무악은 그를 이길 자신이 없었다. 그는 도움을 청하는 듯 뒤돌아보았다.

주방 입구에 다소곳이 여인이 기대서서 이쪽을 바라보고 있다가 어쩔 수 없다는 듯 한숨을 호로록 내쉬며 고개를 끄덕였다.

진검룡을 제외한 조원들은 다들 술에 취해서 뻗어버렸다.

와평과 동풍, 조제는 탁자에 엎드려서 자고, 장관웅은 의자를 여러 개 붙여놓고는 편안하게 누워서 자고 있다.

낭랑은 비파와 봇짐을 꼭 끌어안은 채 바닥에 내려가 웅크린 채 잠이 들었다.

주소영은 고개를 약간 숙이고 있었다. 그녀에게서 가늘게 코 고는 소리만 나지 않는다면 골똘히 생각에 잠긴 것이라고 여길 터이다.

진검룡은 창을 열고 밤하늘을 내다보았다.

슥―

그는 방갓을 벗어 무릎에 얹었다. 방갓 챙에 가려서 밤하늘이 잘 보이지 않았기 때문이다.

"아……."

그때 주방 쪽에서 나직한 탄성이 흘러나왔다.

진검룡이 쳐다보니 무악이 주방 근처에 서서 이쪽을 보고 있었는데 만면에 감탄이 가득했다.

무악은 진검룡이 방갓을 벗은 모습을 여태까지 혼자서 여러모로 상상을 했었다.

그런데 지금 실제로 보니까 상상하고 있던 것보다 그의 모습이 훨씬 멋지고 늠름해서 자신도 모르게 탄성을 터뜨리고 말았다.

　진검룡은 턱을 끄덕여서 무악을 가까이 오게 했다.

　"방을 구해야겠다."

　"그러시다면 멀지 않은 곳에 객잔이 있습니다."

　무악은 그가 불러줘서 기쁘다는 듯 미소를 지으며 공손히 대답했다.

　"오래 묵어야 한다. 아침과 저녁 식사도 할 수 있는 곳으로 알아봐라."

　"네, 은인."

　"그렇게 부르지 마라."

　"그럼 뭐라고……."

　"네 마음대로 부르되 은인이라고는 하지 마라."

　무악은 진검룡이 이렇게 말을 많이 하는 것을 처음 보았다. 아마도 술이 취했기 때문일 것이라고 생각했다.

　하지만 겉으로 보기에 진검룡은 술을 한 방울도 마시지 않은 사람 같았다.

　"은인이라고만 안 하면 되는 거죠?"

　무악은 확인하듯이 물었다.

　진검룡이 고개를 끄덕이자 무악은 기다렸다는 듯 공손히 허리를 굽혔다.

"알겠습니다, 사부님."

진검룡은 가볍게 미간을 찌푸렸다.

무악은 겁먹은 듯 움찔했지만 물러서지 않았다.

"은인이라고만 하지 않으면 제 마음대로 불러도 좋다고 방금 말씀하셨습니다."

진검룡이 미간을 조금 더 찌푸리자 무악은 가슴을 불쑥 내밀었다.

"남아일언중천금입니다."

벌떡!

진검룡이 갑자기 일어서자 무악은 화들짝 놀라 엉덩방아를 찧을 뻔하다가 뒤로 비틀거리며 물러났다.

진검룡은 주방으로 성큼성큼 걸어가서 주방 입구에서 멈췄다.

"찬물 한 대야 주시오."

주방 입구 안쪽에 서서 진검룡과 무악의 대화를 귀 기울여 듣고 있던 여인은 화들짝 놀랐다. 하마터면 그녀도 엉덩방아를 찧을 뻔했다.

그녀가 두 손으로 간신히 들고 나온 찬물이 가득 담긴 대야를 진검룡은 한 손으로 가볍게 들고 다시 탁자로 돌아갔다.

여인과 무악은 그가 무엇을 하는지 호기심 어린 표정으로 지켜보았다.

쏴아아!

그런데 진검룡은 잠들어 있는 조원들 머리 위로 대야의 찬 물을 끼얹는 것이 아닌가.

"으왓!"

"뭐, 뭐야!"

"적이다!"

여섯 명의 조원은 소스라치게 놀라서 화닥닥 일어나며 제 각각 비명을 질러댔다.

진검룡은 짧게 한마디만 했다.

"모두 돌아가라."

자정이 다 된 시각의 진원현 거리는 을씨년스러웠다.

저벅저벅.

진검룡은 텅 빈 거리를 규칙적인 발자국 소리를 울리면서 걸어가고 있었다.

조원들은 모두 물에 흠뻑 젖은 채 진원분타의 숙소나 각자 의 집으로 돌아갔다.

그리고 진검룡은 무악이 가르쳐 준 객잔으로 오늘 밤을 지 내기 위해서 가고 있는 중이었다.

오늘 그에게 있었던 여러 일들은, 사실 그가 천의맹 낙양총 부에 있을 때 치르는 한 시진 일거리도 되지 않는다.

그만큼 그가 처리하는 일들은 고되고 어려우며 때로는 사 람의 피를 말렸었다.

지금 그는 머릿속이 텅 빈 것처럼 아무런 생각이 없다.

괴롭지도 않고 그렇다고 편안하지도 않다. 그저 깊은 물속에 가라앉아 있는 듯한 기분이다. 하지만 수면 위로 떠오르고 싶다는 생각은 들지 않았다.

문득 그는 걸음을 멈추었다. 그리고 뒷짐을 지면서 야공을 응시하며 조용히 입을 열었다.

"귀혼이냐?"

스읏.

그러자 허공중에서 미약한 파공음이 흐르는 듯하더니 곧 진검룡의 면전에 하나의 흐릿한 인영이 모습을 나타냈다.

그의 발 앞에 무릎을 꿇고 이마를 땅에 대고 있는 사람은 낙양성에서부터 암중에서 뒤따라온 귀혼이다.

"쓸데없는 짓을 했구나."

귀혼은 고개를 들어 조심스럽게 진검룡을 우러러보았다.

사실 진검룡은 귀혼의 존재를 일찌감치 알고 있었으나 모른 체했었다.

"대주……."

귀혼 앞에 천신처럼 우뚝 서 있는 늠름한 청년은 천의맹 낙양총부에서 천하무림을 호령하던 청룡검대주 때의 모습이나 지금이나 추호도 변함이 없다.

그런 것처럼, 귀혼의 마음속에서의 진검룡은 죽을 때까지 변함이 없을 터이다.

"이제 그만 가라."

진검룡은 귀혼을 쳐다보지 않은 채 말했다. 그런데 그 목소리가 허허롭게 들린 것은 귀혼의 착각일까?

"대주, 어찌 이런 벽촌에서……."

한 번의 전투에서 수백 명을 눈 하나 까딱하지 않고도 주살하는 냉혹한 귀혼이지만, 지금의 상황 앞에서는 더 이상 목이 메어 말을 잇지 못했다.

귀혼은, 아니, 청룡삼혼은 지난 수년 동안 진검룡과 함께 중원 곳곳을 누비면서 악의 무리들을 무찔렀었다.

수천 번의 싸움에서 단 한 번도 패배한 적이 없었다.

그런 전설적인 불패신화(不敗神話)는 일찍이 아무도 이루지 못했던 일이다. 그리고 앞으로도 영원히 그 전설은 깨지지 않을 것이다.

그러나 이제 청룡삼혼은 주인을 잃었다. 더 이상 대륙을 질타하지 못할 것이다.

새로운 청룡검대주가 그들을 이끌더라도, 절대로 예전 같지는 않을 것이다.

"나는 여기가 좋다."

진검룡은 달을 바라보며 중얼거렸다.

그러나 그 말이 귀혼의 귀에는 '여길 좋아하지 않으면 안 된다' 라는 말로 들렸다.

"가라, 귀혼."

"대주… 정녕 이대로 마지막입니까……?"

진검룡이 차분한 데 반해서 귀혼은 짓이기는 듯한 목소리를 토해냈다.

하지만 그때부터 진검룡의 입은 열리지 않았다. 그리고 귀혼은 자신이 이곳에 있어봐야 아무 소용이 없다는 사실을 잘 알고 있었다.

천하를 호령하던 저 전설적인 대영웅이 과연 이런 벽촌에서 조장 노릇을 해야 한다는 현실이 귀혼은 도저히 믿어지지 않았다.

하지만 그보다 불가해한 일은, 그 전설적인 대영웅이 이 처분을 순순히 받아들이고 있다는 사실이다.

그의 한마디면 청룡삼혼과 청룡검대의 구백 명, 아니, 천의사신대 삼천육백 명이 불처럼 들고일어나 천의맹을 뒤집어엎을 수도 있다.

그렇게 해도 천하무림에서는 아무도 진검룡을 질타하지 않을 것이다. 그는 그만한 위업을 쌓았기 때문이고, 그럴 만한 자격이 있었다.

그러나 그는 그러지 않았다. 마치 도살장에 끌려가는 가축처럼 너무도 온순하게 이곳까지 제 발로 왔다.

예전에도 그랬었지만, 지금도 귀혼은 진검룡이라는 사내를 조금도 이해하지 못하고 있었다.

한동안 진검룡을 우러러보던 귀혼은 이윽고 옷매무새를

가다듬고 공손하게 절을 올렸다.

"대주, 부디 강녕하십시오."

그의 가슴속 깊은 곳에서 비애가 강물처럼 조용히 흘렀다.

스으.

이어서 나타났을 때처럼 그는 조용히 사라져 갔다.

진검룡은 그 자리에서 한동안 더 서서 야공을 바라보다가 다시 걸음을 옮겼다.

얼마쯤 걸었을 때 뒤에서 누군가 달려오는 기척이 들렸다.

진검룡은 숨을 헐떡이는 소리와 발자국 소리로 그가 누군지 즉시 알아차렸다.

"사부님!"

진검룡이 멈춰서 돌아서니 무악이 전력으로 달려오고 있는 모습이 보였다.

"헉헉헉… 사부님……! 무슨 걸음이… 그렇게 빠르십니까……?"

무악은 진검룡 앞에 이르러 멈추더니 허리를 굽히고 심하게 헐떡거렸다.

진검룡은 아무 말도 하지 않고 뒷짐을 진 채 묵묵히 그를 지켜보기만 했다.

"어머니께서… 사부님을 모셔오라고 말씀하셨습니다."

겨우 숨을 돌린 무악이 뜻밖의 말을 했다.

"저의 집에서… 묵으시라고……."

여인은 주루 입구 안쪽에 우뚝 서 있는 진검룡을 마주 쳐다보지도 못한 채 고개를 숙이고 작은 목소리로 말했다.

"괜찮으시다면 누추하지만 저희 집에서 묵으세요. 말씀하신 대로 매일 아침과 저녁 식사를 준비하겠어요."

한참을 기다려도 대답이 없자 여인은 의아한 얼굴로 조심스럽게 고개를 들었다.

그때 옆에 서 있던 무악이 일러주었다.

"사부님께서 좋다고 고개를 끄덕이셨어요."

"아……."

그리고는 어색한 침묵이 흘렀다. 진검룡은 묵묵히 서 있고, 여인은 그가 무슨 말을 하기를 기다리고 있다.

보다 못한 무악이 또 나섰다.

"어머니, 사부님께선 방으로 안내하기를 기다리고 계시는 것 같아요."

"아……."

총명한 무악은 얼마 되지 않았지만 그새 진검룡에 대해서 조금쯤 알게 된 듯하다.

여인이 앞장서서 주루 뒷문을 열고 마당으로 들어섰고, 그 뒤를 무악과 진검룡이 따랐다.

그런데 여인이 집을 지나쳐서 별채 쪽으로 향하자 무악은 깜짝 놀랐다.

"어머니."

별채는 예전에 부친이 서재로 사용했던 곳이라고 알고 있기 때문이다.

무악은 부친의 얼굴도 모르지만, 어머니가 서재를 매일 청소하고 닦으면서 부친이 살아 계실 때처럼 정성스럽게 돌봤다는 사실을 잘 알고 있었다.

여북하면 보통 사람들이 무심코 별채 쪽으로 발이라도 들여놓으면 세상이 끝나는 줄 알고 난리를 쳤었겠는가.

그런데 지금 어머니가 진검룡을 별채 쪽으로 안내하고 있는 것을 보고 무악이 놀라지 않을 수 없었다.

아까 낮에는 단은한이 다 죽어가고 있어서 어쩔 수 없었다고 해도, 장기 숙박을 원하는 진검룡이지 않은가.

무악은 자신의 방을 진검룡에게 주고 자신은 어머니와 한 방을 사용하게 될 것이라고 짐작했었다.

무악의 부름에 여인은 걸음을 멈추고 뒤돌아서서 조용한 목소리로 물었다.

"싫으냐?"

그러자 무악은 결사적으로 머리와 두 손을 가로저었다.

"아, 아닙니다, 어머니."

방에 들어선 진검룡은 문을 닫고 서서 천천히 실내를 둘러보았다.

두어 번 들어와 봤던 곳이라서 그리 낯설지 않았다. 그런데 단은한이 있었던 흔적은 말끔히 사라졌고 깨끗하게 청소를 한 모습이다.

방 한가운데에는 벌건 숯불이 절반 이상 담긴 화로가 놓여 있어서 실내가 훈훈했다.

불타고 있는 장작은 연기가 많이 나기 때문에 화로에 넣을 수가 없다.

하지만 숯불은 연기가 거의 나지 않으면서도 열기를 많이 뿜어낸다.

그렇지만 이렇게 많은 숯불을 만들어내려면 여간 고생스러운 일이 아니다.

최소한 반 시진 이상 매달려서 주루 주방의 아궁이 속에서 숯불을 골라냈을 것이다.

침상 가 머리맡의 작은 탁자에는 옷 한 벌이 정갈하게 개어져 있고, 그 옆에는 물주전자와 그릇이 놓여 있었다.

흰 종이를 바른 창을 통해서 부연 달빛이 투과되어 흘러들어 와 창 아래의 난초들을 비추고 있다.

난초와 꽃들이 달빛에 일렁이며 흔들리는 것 같아서 그 광경이 사뭇 환상적으로 보였다.

낙양총부에서 자는 날보다 천하 곳곳을 다니면서 낯선 곳에서 먹고 자는 일이 더 많았던 진검룡이다.

그런데 이 방은 묘한 아늑함과 편안함을 준다. 죽은 무악

부친이 사용했던 서재라는 점은 하등의 연관이 없다. 단지 무악 모친의 정성이 곳곳에 깃들어 있기 때문일 터이다.

슥.

진검룡은 탁자의 옷을 집어들었다. 좋은 옷감으로 만든 것은 아니지만 한 땀 한 땀 정성껏 바느질을 해서 만든 잠옷이라는 것을 한눈에 알 수가 있었다.

잠옷은 새로 지은 것이다. 상태로 봐서는 무악 부친이 입었던 것이 아니다.

아마도 무악 모친이 근래에 만들어둔 것인 듯하다. 왜 남편도 없는 그녀가 남자의 잠옷을 만들어두었는지 이유는 그녀만 알고 있을 게다.

진검룡은 잠옷으로 갈아입고 검을 습관처럼 베개 아래에 묻고는 자리에 누웠다.

방에 들어섰을 때 느꼈던 것처럼, 누워서도 편안했다.

그리고 곧 잠에 빠져들었다.

반 시진도 지나지 않아서 그는 잠에서 깼다.

"드르렁! 푸아아! 크크크아아~!"

별채가 떠나갈 듯한 무지막지하게 코 고는 소리 때문이다.

또 한 가지 사실은, 그 코골이가 귀에 익다는 사실이었다.

그렇다. 바로 낭랑이다.

척―

그가 방문을 열고 나가 보니 아니나 다를까 낭랑이 어두컴컴한 마루에서 자고 있는 모습이 시야에 들어왔다.

아까 조원들에게 찬물을 끼얹어서 모두 돌려보냈었고, 진검룡이 별채에 들어올 때까지만 해도 아무도 없었는데 낭랑이 어느새 들어와서 자고 있는 것이다.

진검룡은 긴 여행에 피곤했고 또 술에 취해서 그녀가 들어오는 것을 느끼지 못한 모양이다.

방 안에는 벌겋게 달아오른 숯을 담은 화로가 있어서 여간 따뜻하지 않지만, 벽 하나 사이의 마루는 냉골이다.

그래서인지 낭랑은 문 옆 벽에 웅크린 채 찰싹 붙어서 자고 있었다. 잠결에 추워서 한 움큼의 온기라도 느끼려는 것일 게다.

몰래 들어와서 잘 요량이면 쥐 죽은 듯이 자야지 코를 천둥처럼 골면 어쩌자는 것인지 모를 일이다.

대저 스물한 살 아가씨가 이렇게 코를 곤다는 사실을 누가 알겠는가.

덥석!

진검룡은 낭랑의 뒷덜미를 잡고 번쩍 들어 올렸다. 그런데도 그녀는 깨지 않고 어머니 뱃속의 태아처럼 몸을 잔뜩 웅크린 채 대롱대롱 매달렸다.

물에 젖은 그녀의 몸에서는 물이 뚝뚝 떨어지고 있었다.

그는 낭랑을 들고 별채를 나가서 담 쪽으로 걸어가더니 담 너머로 그녀를 휙 던져 버렸다.

쿵!

담 너머에서 둔탁한 소리가 들리자 그는 다시 별채로 들어가 잠을 청했다.

그가 두 번째로 잠에서 깬 것 역시 잠이 들고 반 시진이 지나서였으며 코 고는 소리 때문이었다.

그는 벌떡 일어나 마루로 나가서 낭랑을 들고 이번에는 더 멀리 내다 버리고 돌아와서 잠들었다.

반 시진 후에 어김없이 낭랑의 코 고는 소리가 들렸다.

진검룡은 세 번째로 낭랑을 들고 무악네 집을 나섰다가 반 시진 후에 돌아왔다.

이후 그는 편안하게 아침까지 잠을 잘 수 있었다.

낭랑은 다시는 돌아오지 않았다.

第七章
첫 임무

大中原

원래 무악네 주루는 아침 사시(巳時:10시)쯤에 문을 연다.

그러나 오늘 여인은 묘시(卯時:6시)에 일어나서 서둘러 정성껏 아침밥을 지었다.

기억에도 까마득한 아주 오래전에는 단왕가의 사병으로 일참(日參:출근)하는 남편을 위해 매일 아침 일찍 일어나서 아침밥을 지었었다.

그것이 벌써 십육 년 전의 일이다. 여인은 십육 년 만에 처음으로 꼭두새벽에 일어나 아침밥을 지으면서 괜스레 마음이 설레었다.

"세숫물 갖다 놨습니다, 사부님."

밖에서 무악의 공손한 목소리가 들려서 진검룡이 별채 밖으로 나가 보니까 섬돌 위에 적당하게 따뜻이 데운 세숫물이 담긴 대야가 있고, 그 옆 나뭇가지에는 깨끗한 수건이 걸려 있었다.

진검룡이 세수하는 모습을 무악은 집 모퉁이에 숨어서 몰래 훔쳐보았다. 그에게는 진검룡의 일거수일투족이 다 신기하고 멋있었다.

아침 식사는 주루가 아닌 무악네 집 안 식탁에서 했다.

방이 두 칸에 식탁이 놓여 있는 주방 하나가 전부인 단출하지만 정갈한 실내 구조였다.

여인이 주루의 주방이 아닌 집의 주방에서 아침밥을 짓고, 또 집의 식탁에서 진검룡에게 아침 식사를 대접한다는 것은 그를 손님이 아닌 한 가족처럼 여긴다는 뜻이다.

여인은 헤실헤실 미소 짓고 있는 무악의 뺨을 살짝 꼬집으면서, '너의 생명을 구해주신 은인이니까 이렇게 하는 것은 당연한 일이야' 라고 설명해 주었다.

진원분타 전 수하의 업무 시작은 아침 손시(巽時:9시)다.

진검룡은 손시에서 열 호흡 모자라는 시각에 정확하게 추혼향처에 들어섰다.

추혼향주 집무실에 들어서니 향주는 탁자 앞 의자에 느긋하게 앉아서 진검룡을 맞이했다.

탁자 너머에 한 사내가 뻐딱하게 서 있다가 들어서는 진검룡을 슬쩍 곁눈으로 쳐다보았다.

사람을 똑바로 쳐다보지 않고 이런 식으로 쳐다보는 자치고 올바른 인간이 없다.

진검룡은 우선 추혼향주에게 두 손을 모아 가볍게 포권을 해 보였다.

어젯밤 술자리에서 노인네 와펑이 추혼향 내부에 대해서 간략하게 설명해 준 말이 떠올랐다.

추혼향주의 별호는 추혼도(追魂刀), 이름은 양구(梁邱), 추혼향주가 된 이후에 붙여진 별호인데, 섬뜩한 별호에 비해서 솜씨는 그다지 뛰어나지 않다고 했다.

그래도 추혼향 이십사 명 중에서는 제일 뛰어난 실력이라는 것이다.

성격은 술에 물 탄 듯 물에 술 탄 듯 만사 두루뭉수리해서 그가 화를 내는 것을 본 사람이 아무도 없다고 한다.

추혼도 양구 앞에 약간 불량스러운 자세로 서 있는 사내는 추혼향 휘하의 또 하나의 '조' 인 탈혼조(奪魂組)의 조장 일격부(一擊斧) 호태곤(昊太昆)일 것이다.

사람 좋은 추혼도에게 맞먹는 것은 당연지사고, 잔인한 성격에 술과 계집을 극도로 좋아하며, 돈이 되는 일이면 물불을 가리지 않는다고 했다.

호태곤은 상체에 갈색 가죽으로 띠를 두르고 있었는데, 등에는 한 자루 큼직한 도끼가 꽂혀 있으며, 양 옆구리에 그보다 작은 한 쌍의 도끼가 꽂혀 있다.

그의 별호에 도끼 '부(斧)'가 들어 있으니 도끼를 무기로 사용하는 것은 당연하다.

"어! 왔군. 진 조장, 여기 호 조장하고 서로 인사하게."

추혼도 양구는 빙그레 미소 지으면서 일격부 호태곤을 가리켰다.

호태곤이 포권을 하는 둥 마는 둥 건들거리며 말했다.

"하하하! 탈혼조장 호태곤일세. 향주님 말씀 잘 듣고 지내다 보면 진원분타 내에서 여기보다 편한 곳이 없다는 사실을 알게 될 걸세! 앞으로 잘 지내보세."

그리고 나선 자신의 말이 어떠냐는 듯 양구를 보며 한쪽 눈을 찡긋해 보였다.

양구는 그저 허허 웃을 뿐이다.

"진검룡이다."

진검룡은 비단 웃지도 않았을뿐더러 포권도 하지 않고 짧게 억양없이 대꾸했다.

그러자 호태곤의 얼굴이 슬쩍 굳어지는 것 같더니 갑자기 재빨리 손을 뻗어 진검룡의 방갓을 낚아채 왔다.

"이봐, 인사를 할 때는 방갓은 벗어… 엇?"

탁!

그러나 진검룡은 왼팔을 들어 너무도 간단하게 호태곤의
팔을 가볍게 쳐냈다.

비록 가벼운 동작이지만 호태곤은 팔이 끊어질 듯이 찌릿
찌릿한 것을 느끼고 오만상을 찌푸렸다. 하지만 양구가 쳐다
보자 얼른 얼굴을 폈다.

그는 방갓으로 거의 덮여서 보이지 않는 진검룡의 얼굴을
쏘아보며 날카롭게 인상을 썼다.

'이 자식이 설마 내공을……'

팔을 살짝 건드렸을 뿐인데 이렇게 아픈 것을 보면 내공이
실린 것 같았다.

그러나 곧 설레설레 고개를 가로저었다.

'이따위 놈이 내공은 무슨 얼어죽을……. 그저 티 나지 않
게 순간적으로 힘을 준 거겠지.'

최소한 당주쯤 돼야 십 년 정도의 내공을 갖고 있는 현실로
미루어 봤을 때 진검룡이 내공을 지녔을 가능성은 전무하다
는 생각이다.

호태곤은 향주도 있고 하니까 지금 이 자리에서는 잠시 참
아주기로 했다.

하지만 아주 가까운 시일 내에 자신의 비위를 거스른 진검
룡에게 따끔한 맛을 보여주겠다고 내심 별렀다.

그런데 그 기회는 생각했던 것보다 훨씬 빨리 찾아왔다.

"호 조장, 오늘은 서릉협(西綾陜)에 다녀오게."

호태곤은 눈을 빛냈다.

"서릉묘족(西綾苗族) 놈들이 말을 듣지 않는 거요?"

"그게 아니라 지난달에 수금이 되지 않았으니 무슨 일인지 알아보고 오게."

호태곤은 혀로 입술을 핥으며 흥미있다는 표정을 지었다.

"또 근처의 수적(水賊)이나 산적 나부랭이가 껄떡거리는 모양이로군. 내가 가서 돈도 받아오고 수적이든 산적이든 죄다 해결하고 오겠수다."

그는 진검룡에게 들으라는 듯 어깨를 으쓱거리며 으스댔다.

양구는 손을 저었다.

"파경채(巴景寨)나 남랑곡(南狼谷) 놈들은 쉽사리 상대할 놈들이 아냐. 섣불리 건드릴 생각일랑 하지 말고 단지 서릉묘족에게 무슨 일이 생겼는지 살펴보기나 하게."

호태곤은 휘휘 손을 저었다.

"내가 알아서 할 테니 걱정 붙들어 매쇼."

그리고는 생각났다는 듯 턱으로 진검룡을 가리키며 대수롭지 않게 말했다.

"이곳 사정도 익히게 할 겸 이 친구를 데려가겠소."

"음, 좋은 생각이로군. 경혼조도 데리고 가게."

호태곤은 나가면서 상체를 뒤로 젖히고 웃어댔다.

"푸핫핫핫! 혼이 놀란다는 '경혼'이니까 경혼조는 조장을 비롯하여 조원 모두가 대단할 것이라는 예감이 드는군!"

향주 집무실 맞은편에 나란히 있는 두 개의 방은 각각 탈혼조와 경혼조의 대기실 겸 편좌방(便坐房:휴게실)이다. 둘 중 안쪽에 있는 방이 경혼조의 것이다.

진검룡과 호태곤은 각자 자신의 조원들이 기다리고 있는 방으로 향했다.

그때 도를 어깨에 걸머멘 건장한 장한 하나가 진검룡이 걸어가는 앞쪽을 왼쪽에서 오른쪽 호태곤 쪽으로 건들거리면서 가로질러 걸어가고 있었다.

호태곤은 자신의 조원인 장한에게 슬쩍 의미심장한 눈짓을 해 보이고는 방으로 들어갔다.

그 눈짓이 무엇을 뜻하는지 간파한 장한은 다가오는 진검룡을 보더니 걸음을 멈췄다.

"어이! 자넨 뭐야?"

그때 장한의 뒤쪽에서 방문이 열리더니 암기녀 주소영이 밖으로 나왔다.

장한은 주소영의 존재를 모르는 듯 가까이 다가온 진검룡의 앞을 막아서며 으르딱딱거렸다.

"이 자식아! 넌 뭐냐고 묻고 있잖아? 내 말이 안 들리는 것이냐?"

그러면서 어깨에 걸머메고 있던 도를 내렸다. 여차하면 뽑겠다는 것인데, 다분히 겁을 주려는 의도다.

그때 장한의 뒤로 다가서던 주소영이 눈에서 새파란 불길을 뿜어내며 품속에 손을 집어넣었다.

"이런 후레자식! 우리 조장한테 무슨 개지랄이야?"

장한이 움찔 놀라서 급히 뒤돌아보는데, 주소영의 희고 작은 손이 품속에서 번개같이 나오며 허공을 갈랐다.

그녀의 손에는 시퍼렇게 날이 선 단검 한 자루가 쥐어져 있었는데, 뒤돌아보는 장한의 어깻죽지에 추호의 망설임도 없이 그대로 내리꽂았다.

푹!

"끄악!"

장한은 죽는다고 처절한 비명을 지르며 버둥거렸다.

그러나 주소영은 너무도 태연하게 단검을 뽑으면서 눈을 부라렸다.

축!

"이 새끼야! 앞으로 우리 조장한테 주접떨면 그때는 아예 목줄을 따줄 테다!"

장한은 바닥에 쓰러져서 데굴데굴 구르며 몸부림을 치는데, 어깻죽지의 상처에서 콸콸 피가 쏟아져 주위 바닥은 금세 피로 흥건해졌다.

장한의 비명 소리에 추혼향주 양구는 물론이고 호태곤과 탈혼조, 경혼조 조원들이 와르르 쏟아져 나왔다.

호태곤은 미친 듯이 악을 쓰며 구르는 수하와 주소영을 번 갈아 쳐다보더니 어떻게 된 일인지 즉시 알아차렸다.

'하필 이럴 때 저 독종 년이……'

주소영은 호태곤은 거들떠보지도 않고 피 묻은 단검으로 장한을 가리키면서 양구에게 냉랭하게 말했다.

"향주, 하극상(下剋上)이면 어떻게 하지?"

"거야… 형[笞刑] 백 대 맞고 진원분타에서 쫓겨나지."

주소영은 발끝으로 장한을 툭툭 차면서 피 묻은 단검을 흔 들어댔다.

"이 새끼가 우리 조장한테 이 자식 저 자식 그랬으면 하극 상 맞는 거지?"

양구는 고개를 끄덕였다.

"그렇군."

"이 새끼 태형 백 대 맞고 고자 만들어서 쫓겨나야 하는데 이거 너무 약한 거 아냐?"

호태곤을 비롯한 탈혼조 조원들의 얼굴에는 새파란 원한 이 이글거렸다.

하지만 그들은 함부로 발작하지 않고 꾹꾹 눌러 참는 듯했 다. 언제든 기회만 생기면 주소영을 난도질해 주겠다는 표정 들이다.

경혼조의 와평과 동풍, 장관웅은 '주소영이 또 한 건했 군?'이라는 표정으로 태연하다.

하지만 외지에서 흘러들어 온 조제는 이 광경을 보면서 질린 듯한 표정을 지었다.

그때 주소영이 묵묵히 서 있는 진검룡의 옷자락을 슬쩍 잡고는 밖으로 나와 추혼향처 뒤로 돌아갔다.

그녀는 주위를 두리번거려 사람이 없음을 확인하고 나서 진검룡 턱밑으로 바짝 다가들며 나직이 속삭였다.

"어젯밤 주루에서 조장이 술값 계산했어?"

진검룡은 가볍게 고개를 끄덕였다.

주소영의 눈빛이 날카로워졌다.

"내 품속에 있는 돈주머니로?"

진검룡은 다시 고개를 끄덕였다.

"품속에 있는 돈주머니를 어떻게 꺼냈어?"

그녀는 술이 깬 후에 품속의 돈주머니가 없어졌다는 것을 알게 됐는데 이제 보니 진검룡이 꺼낸 것이다.

그런데 진검룡이 돈주머니를 꺼내면서 손이 자신의 젖가슴에 닿았을 것이라고 짐작하여 심기가 매우 불편해졌다.

주소영은 어서 대답하라는 듯 진검룡을 빤히 바라보았다.

대답하는 것이 귀찮은 진검룡은 손을 슬쩍 움직였다.

다음 순간 그의 손은 어느새 주소영의 앞섶 속에 들어가 있었다. 이런 식으로 돈주머니를 꺼냈다는 것을 직접 보여준 것이다.

주소영은 진검룡의 얼굴과 자신의 앞섶을 번갈아 쳐다

보면서 놀라움과 당혹감으로 눈을 부릅뜨고 입을 쩍 벌렸다.

그녀는 자신의 봉긋한 젖가슴을 덮고 있는 진검룡의 커다란 손을 생생하게 느끼면서 숨이 턱턱 멎는 듯했다.

그러나 다음 순간 그의 손은 언제 그랬냐는 듯 제자리로 돌아가 있었다.

그것은 너무도 순식간에 일어난 일이어서 그녀가 잠시 착각을 일으킨 듯한 기분마저 들었다.

그렇지만 그것은 절대 착각이 아니다. 방금 그녀는 자신의 펄떡펄떡 뛰는 가슴을 덮고 있던 커다란 손을 생생하게 느꼈었지 않은가.

"이… 이……."

그녀는 두 주먹을 부르쥐고 분노와 부끄러움으로 조그만 몸을 바르르 떨면서 이제부터 이 파렴치한 자식을 어떻게 작살을 내줄까 재빨리 머리를 굴렸다.

그런데 진검룡은 볼일이 끝났다는 듯 휙 몸을 돌리더니 성큼성큼 걸어가기 시작했다.

"저 자식이……."

조금씩 멀어지는 진검룡의 뒤통수를 있는 힘껏 노려보던 주소영의 오른손이 번개같이 품속으로 들어갔다가 나왔다.

피잇!

아니, 나왔다 싶은 순간 어느새 한줄기 흰 빛살이 진검룡을 향해 일직선으로 쏘아가고 있었다.

순간 주소영의 얼굴빛이 흐려지면서 아차! 하는 표정이 설핏 떠올랐다.

그녀는 원래 무슨 일을 저지를 때 앞뒤 생각하는 성격이 아니다. 일단 무조건 저질러 놓고 본다.

그런데 지금은 저지르자마자 후회가 엄습했다. 아주 조금쯤 마음에 들려고 하는 새 조장을 자기 손으로 죽인다는 생각이 든 것이다.

그러나 손가락 하나 반 길이에 흰 빛을 내는 뾰족한 암기는 어느새 진검룡의 뒤통수 한복판을 향해 반 장까지 쇄도하고 있는 중이었다.

이제 그녀가 소리를 질러서 위급을 알려준다고 해도 피하기에는 늦어버렸다.

이것으로 결론은 났다. 새 조장은 근무 첫날에 죽을 것이고, 주소영은 그 책임을 져야 할 것이다.

그런데 이번의 책임은 좀 크다. 모르긴 해도 그녀의 목숨을 내놔야 할 듯싶다.

그녀는 웬만해서는 암기를 사용하지 않는다. 백발백중이기 때문이다. 던졌다 하면 상대는 필사(必死)다.

방금 전에 그녀는 분노와 부끄러움이 치밀어서 순간적으로 이성을 잃고 말았었다. 그래서 필사의 암기를 사용하고 만 것이다.

그런데 바로 그때 그녀의 눈앞에서 믿을 수 없는 일이 일어나고 있었다.

진검룡이 뒤를 돌아보지도 않은 상태에서 마치 귀찮은 벌레라도 털어내듯 슬쩍 머리 뒤로 손을 들어 올리는가 싶더니 다시 내렸다. 단지 그 동작뿐이었다.

"......!"

그리고 다음 순간, 주소영은 진검룡의 뒤통수로 쏘아갔던 암기가 자신을 향해 곧장 쏘아오는 것을 발견했다.

그녀는 그 자리에서 얼어붙었다. 피하고 자시고 할 새도 없이 암기가 어느새 자신의 얼굴 한 자 거리까지 쇄도하고 있는 중이었다.

이것은 그녀의 솜씨보다 최소한 대여섯 배는 더 빠르고 정확했다.

"으으......"

무서움이라고는 모르는 그녀의 입에서 비틀린 신음 소리가 새어 나왔다.

죽음에 대한 공포와 진검룡의 신기에 가까운 솜씨에 대한 놀라움이 더해진 것이다.

그녀는 태어나서 지금처럼 겁이라는 것을 먹어본 적이 단연코 한 번도 없었다.

그런데 지금 이상한 느낌에 휩싸였다. 심장이 도토리만 하게 오그라들고, 온몸에서 피가 모공을 통해서 빠져나가며, 머리털과 온몸의 털이 곤두서는 느낌. 그것은 공포였다.

툭.

그런데 그때 경악할 일이 또 벌어졌다. 빛처럼 쏘아오던 암기가 그녀의 눈앞 한 뼘 거리에서 뚝 멈추더니 그대로 바닥으로 떨어지는 것이 아닌가.

"으흐흐흐……."

바닥에 떨어져 있는 암기를 보며 주소영은 벼락에 맞은 듯 몸을 후드득 떨었다.

진검룡이 뒤도 돌아보지 않고서 암기를 잡아 주소영에게 다시 던진 수법은 신기(神技)에 가까웠다.

그런데 암기가 주소영의 코앞 한 뼘 거리에서 딱 멈추었다가 떨어지는 것은 신기를 넘어서 귀기스러울 정도의 솜씨가 아닌가.

그녀는 백 번 죽었다가 깨어나도 흉내조차 낼 수 없는 수법이다.

진검룡이 뒤도 돌아보지 않고 건물 모퉁이를 막 도는데 주소영의 목소리가 들렸다.

"이, 이봐. 바, 바지 좀 갖다 줘……."

사라졌던 진검룡의 모습이 모퉁이에서 다시 나타났다. 그는 주소영을 묵묵히 쳐다봤다.

주소영은 엉거주춤한 자세인데 두 손으로 하체를 가리며 얼굴이 홍시처럼 새빨개져서 더듬거렸다.

"바지 한 벌 갖다 달란 말야……."

진검룡은 그녀의 아랫도리가 젖어 있는 것을 발견했다. 하지만 천방지축 하늘 높은 줄 모르고 날뛰는 그녀의 기를 조금 꺾을 필요를 느꼈다.

그래서 무슨 말인지 알아듣지 못한 것처럼 묵묵히 서서 쳐다보기만 했다.

주소영은 답답해서 속이 터질 지경이었지만, 아무리 뻔뻔해도 이런 꼴로 사람들 앞에 나설 수는 없는 노릇이라서 꾹 참고 하체를 가렸던 손을 슬그머니 치우며 보여주었다.

"오… 줌 쌌단 말야……."

그렇게 말하는 주소영은 혀를 깨물고 죽고 싶은 심정이었다.

그녀는 아침부터 혹 때려다가 혹을, 아니, 바지에 오줌을 싸고 말았다.

추혼향처 편좌방 안, 진검룡 앞에는 조원 다섯 명이 일렬로 늘어서 있다.

진검룡은 거두절미하고 오늘의 임무를 말했다.

"오늘은 서릉협 서릉묘족에게 간다."

평소에는 대열의 한가운데 서기를 좋아하는 주소영이 지금은 끄트머리에 서 있다.

그녀는 진검룡이 얘기하는 동안 있는 힘껏 그를 하얗게 흘기면서 입술을 삐죽거렸다.

'저 자식, 제대로 한 번 걸리기만 하면 비명도 못 지르고 처참하게 죽게 만들어주겠어!'

그때 늘 조원들을 잘 챙기는 노인네 와평이 염려스러운 표정으로 입을 열었다.

"조장, 그런데 낭랑이 보이지 않는군요."

진검룡은 어젯밤 코를 박박 골던 낭랑이 생각났다.

진검룡의 설명을 듣고 마을 밖 야산으로 달려간 와평과 진관웅은 한참을 헤맨 끝에 깊은 산속 아름드리나무에 밧줄로 꽁꽁 묶여서 이를 바득바득 갈고 있는 낭랑을 찾아냈다.

두 사람이 서둘러 밧줄을 풀어주자 낭랑은 쓰러질 듯이 비틀거리면서도 산을 달려 내려가려고 기를 쓰면서 원한 서린 외침을 터뜨렸다.

"조장, 이 새끼를 내 손으로 죽이지 못하면 하늘을 이고 살지 않을 것이다!"

와평이 무악네 주루에 심부름을 왔다.

그런데 주루 안에는 손님들이 이십여 명이나 앉아서 요리를 기다리고 있는 중이라서 와평은 오래 기다려야만 할 것 같았다.

손님들은 장사치들인데 지난번에 진원현에 왔다가 우연히 이곳 요리를 맛보고는 반해서 이번에는 마을에 도착하자마자 곧장 이리로 달려온 것이다.

그들은 곧 맛있는 요리를 배불리 먹을 수 있다는 기다림과 설렘에 눈을 빛내면서 주방 쪽을 주시하고 있었다.

"어… 손님들이 많아서 안 되겠군?"

주루 안을 둘러본 와평이 중얼거리면서 나가려고 하자 주루 일을 돕던 무악이 의아한 듯 물었다.

"평 아저씨, 무슨 일인데요?"

"어… 우리 조장께서 먼 길 다녀오는 동안 조원들이 먹을 요깃거리하고 술을 사 오라고 했단다."

무악은 눈을 반짝반짝 빛냈다.

"사부님께서 우리 주루에서 사 갖고 오라고 하셨나요?"

"응."

사실은 그렇지 않았지만 와평은 이 착하고 순수한 소년의 눈동자가 실망으로 젖는 것을 차마 볼 수가 없었다.

"어머니!"

무악이 주방으로 달려가는 것을 보고 와평은 급히 손을 저었다.

"됐다, 무악아! 우린 반 시진 후에 출발해야 하니까 오래 기다릴 수가 없단다!"

그때 주방 안에서 여인의 차분한 목소리가 흘러나왔다.

"악아, 평 아저씨께 반 시진이면 충분하다고 말씀드려라."

순간 주루에서 목 빠지게 요리가 나오기를 기다리고 있던 장사치들의 안색이 해쓱해졌다.

"가효모! 우리 요리는?"

그러자 주방 안에서 흘러나온 여인의 한마디.

"악아, 손님들께 좀 더 기다리시던가 아니면 다른 곳에 가시라고 말씀드려라."

탈혼조 십오 명과 경혼조 일곱 명이 진원현을 출발한 것은 정오가 막 지났을 무렵이다.

행선지는 진원현에서 서남쪽으로 삼십여 리 거리에 있는 파경하(巴景河) 근처의 서릉협이라는 곳이었다.

부지런히 다리품을 팔아도 왕복 육십여 리 길을 오늘 안으로 다녀올 수는 없다.

경혼조 조원들 중에서 서릉협에 다녀온 적이 있는 사람은 장관웅 한 명뿐이다.

창룡당보다 한 단계 높은 적룡당 휘하였던 그는 진원현을 중심으로 이백여 리 이내에서 가보지 않은 곳이 없었다.

진원분타 휘하 오룡당의 지위는 각각의 행동반경만 보고도 쉽게 알 수 있다.

분타주의 호위대인 비룡당은 분타주가 가는 곳이라면 어디라도 함께 간다.

두 번째 황룡당은 운남성 전역을 활보할 수 있다. 하지만 동북쪽에 분타보다 훨씬 높은 천의맹 곤명지부(昆明支部)가 있기 때문에 곤명성 반경 오백 리 이내로는 들어가지 못하는 것이 불문율이다.

세 번째 흑룡당은 진원분타를 중심으로 오백 리 이내를 세력권으로 하고 있다.

네 번째 적룡당은 이백 리 이내다. 진원분타의 세력권은 이백 리 이내에 집중되어 있으므로 이백 리 밖으로 나갈 경우는 거의 없다.

다섯 번째 창룡당은 진원현을 중심으로 백 리 안의 잡다한 사건들을 취급하고 있다.

서룽협은 진원현에서 삼십여 리 거리에 있으니까 당연히 창룡당 관할이다.

가까운 거리라고 해도 사건의 비중이 커지면 적룡당이 나서게 된다.

물론 그보다 더 큰 사건이면 흑룡당, 황룡당이 나서는 것이 원칙이다.

그러나 현재로선 진원현에서 아무리 큰 사건이 터진다고 해도 비룡당과 황룡당, 흑룡당은 나설 수가 없는 상황이었다.

현재 운남무림에서는 이른바 전쟁이 벌어지고 있는 중이기 때문이다.

정파와 사파 간의 해묵은 전쟁이다. 그것은 천의맹이 발족하기 오래전부터 백여 년 이상 지속되어 내려왔다.

그러던 것이 더욱 악화되어 현재는 운남무림의 정파와 사파, 즉 정파를 대표하는 천의맹 곤명지부와 사파를 대표하는 사황벌(邪皇閥) 미강(湄江)지부가 운남무림의 패권(覇權)을 두고 한판의 싸움을 벌이고 있는 것이다.

두 지부가 싸우는 데에는 복잡한 이유가 있다. 그러나 그 이유는 한두 가지가 아니라 수십 아니, 수백 가지에 달한다.

한 가지는 분명하다. 싸움에서 지는 쪽은 운남성에서 깨끗이 철수해야 한다는 사실이다.

어쨌든 천의맹 곤명지부와 사황벌 미강지부의 싸움은 그들이 운남성 내에 거느리고 있는 분타에까지 파급되어 총동원령이 내려진 상황이다.

그 때문에 진원분타에서는 분타주가 직접 비룡당과 황룡당, 흑룡당을 이끌고 미강지부 휘하의 분타와 치열하게 싸우고 있는 중이었다.

그렇기 때문에 현재 진원분타에는 적룡당과 창룡당밖에 없었다. 물론 적룡당주가 분타주의 권한을 대행하고 있는 것은 두말할 것도 없다.

"주위를 잘 경계하면서 전진하도록 하라! 혹시 사파 쓰레기들이 이곳까지 들어왔을 수도 있다!"

가장 앞선 탈혼조장 호태곤이 모두가 들으라는 듯이 큰 소리로 외쳤다.

그러나 경혼조와 탈혼조 모두 합쳐서 이십삼 명 중에 호태곤의 말을 듣고 반응을 보인 사람은 조제뿐이다. 그는 움찔 놀라서 급히 사방을 두리번거렸다.

이곳 사정을 잘 모르는 외부인이라고 해도 낭랑은 조제하고 사뭇 다르다.

그녀는 원래 겁이라는 것을 모르는데다 극치의 뻔뻔함을 지녔기 때문에 호태곤의 엄포를 한쪽 귀로 듣고 다른 쪽 귀로 즉시 흘려 버렸다.

현재 운남성을 남북으로 양분(兩分)을 하여 북쪽은 천의맹 곤명지부가, 그리고 남쪽은 사황벌 미강지부가 장악하고 있는 상황이다.

운남성은 서북쪽이 서강(西康)으로, 동북쪽은 사천(四川)으로 길쭉하게 들어간 형태이기 때문에 곤명과 미강을 중심으로 해서 남북으로 양분하면 북쪽이 배 이상 광활하다.

진원현은 당연히 곤명지부의 세력권인 북쪽에 들어 있다. 하지만 남쪽으로 이백여 리 떨어진 영이현부터는 미강지부의 세력권이다.

그렇기 때문에 호태곤의 말은 얼핏 그럴듯하게 들리지만 실상은 지금껏 사파가 진원현 세력권 안으로 침입한 적은 한 번도 없었다.

미강지부의 주된 목적은 천의맹 곤명지부를 격퇴시키는 것이지, 이런 시골구석의 분타에게는 별 관심이 없다.

그러나 조제도 이내 다른 사람들이 비실비실 웃고 있는 것을 보고는 호태곤이 공갈을 친 것이라고 알아차리고는 그의 뒤통수를 힘껏 노려보았다.

운남성은 남부의 일부 지역을 제외하고는 평야가 십 리 이상 이어지는 곳이 없다.

운남성 전역에는 이루 헤아릴 수조차 없을 만큼 많은 산봉우리들이 하늘을 찌를 듯이 솟아 있다.

또 그만큼 많은 강과 계류들이 전부 북쪽에서 발원하여 남쪽으로 흘러가고 있다.

산과 강, 계류가 많다는 것은 낭떠러지나 절벽, 깊은 계곡이 많다는 뜻이다. 그렇기 때문에 평야가 없는 것이다.

일행은 호태곤이 선두에서 가고 그 뒤를 탈혼조와 경혼조가 따르고 있는 형국이다.

서릉협으로 가는 길은 관도가 아니다. 아니, 길 같은 것은 애당초 없다.

원래는 오솔길 같은 것이 구불구불 이어져 있었는데, 그나마도 한 달 남짓 사람이 다니지 않으면 금세 풀과 넝쿨에 가려져 사라져 버리고 만다.

그렇기 때문에 산길을 잘 아는 사람이라고 해도 이곳에서는 길을 잃기 십상이다.

탁! 타탁!

호태곤은 작은 도 한 자루를 오른손에 움켜쥐고 넝쿨이나 나뭇가지를 베면서 전진했다.

운남성 하면 떠오르는 것은 산과 울창한 수림이다. 일단 산속에 들어서면 삼사 장 앞을 분간할 수 없을 정도다.

길이 전혀 없을 것 같은데도 호태곤은 머뭇거리지 않고 일정한 속도로 전진하면서 일행을 이끌었다.

진원현을 출발한 지 두 시진이 지났는데도 아직 이십여 리 남짓 왔을 뿐이다.

평지 같았으면 한 시진에 사십 리씩 팔십여 리를 갈 수 있는 시간이다.

평지가 다섯 걸음 이상 이어지는 곳이 없을 정도로 험하기 짝이 없는 길이다.

어느덧 일행은 고꾸라질 듯이 가파른 절벽을 내려가기 시작했다.

절벽 가장자리에 한 뼘 혹은 반 뼘쯤 튀어나온 곳을 딛고 구불구불 돌아서 내려가야 한다.

혹여 발을 잘못 딛거나 디딘 곳이 허물어져 버리기라도 한다면 수십 장 절벽 바닥으로 추락하여 뼈도 추리지 못하고 즉사할 것이다.

第八章

묘족(苗族)

大中原

"반 시진 동안 휴식하면서 요기를 하자!"

절벽 아래 계류 가에 도착하자 호태곤이 멈춰서 소리쳤다.

그러자 조원들이 참았던 용변을 보기 위해서 주변으로 우르르 흩어졌다.

사내들 대부분은 계류에 대고 괴춤을 내리며 오줌발을 기세 좋게 갈겨대기 시작했다. 더러는 누가 오줌발을 멀리 나가게 하는지 내기를 하기도 한다.

사내들이란 어른이고 애고 여럿이 오줌을 눌 때면 으레 하는 행사가 있다.

과연 누구 물건이 더 큰가 힐끗거리면서 자기 것과 비교를 하는 일이다.

이들 한솥밥을 오랫동안 먹은 사내들은 허물이 없기 때문에 여봐란 듯이 제 물건을 보여주면서 킬킬거렸다.

탈혼조는 호태곤을 비롯해서 총 십육 명이며 그중 여자가 세 명이다.

무림 남녀는 예의나 격식을 차리지 않는 것으로 유명하다. 더구나 이들처럼 한솥밥을 먹으면서 생사고락을 함께한 경우에는 더욱 그렇다.

탈혼조의 세 여자는 같은 조원들이 물건을 휘둘러 대는 것을 보고서도 아무렇지도 않은 얼굴들이다.

그뿐만이 아니라 아예 한술 더 떠서 주변의 아무 곳에서나 바지를 훌러덩 내리고 주저앉아 허연 궁둥이를 까고 볼일을 보고 있다.

그 광경을 보고 사내들 역시도 태연자약하게 여자들 궁둥이를 보며 물이 올라서 먹음직스럽다느니, 이따가 한 번 줄 수 있느냐는 등 농담 섞인 엉큼한 수작을 부렸다.

그러면 여자들 역시 묘하게 웃으면서 네 물건은 작아서 나한테 맞지 않느니, 너하고 해봤더니 재미가 없었다는 식으로 받아넘겼다.

그렇지만 경혼조 조원들은 달랐다. 진검룡을 비롯한 일곱 명은 아직 서로를 전혀 모른다.

어젯밤 무악네 주루에서 통성명을 하며 한차례 왁자하게

먹고 마신 것이 전부다.

그것으로 조금 가까워지긴 했으나 서로 자신의 물건을 꺼내서 비교하거나, 여자들은 아무 데서나 홀렁홀렁 궁둥이를 깔 단계는 아닌 것이다.

그렇지만 진검룡과 네 명의 사내는 약속이나 한 듯이 계류 가에 나란히 서서 오줌을 갈겼다.

진검룡을 제외한 와펑과 동풍, 조제, 장관웅은 좌우의 물건 들을 힐끗거리다가 갑자기 이상한 신음을 터뜨렸다.

"흐익?"

"허걱!"

그들의 시선은 일제히 진검룡의 하체에 고정되어 있었다.

그 광경을 보고 낭랑은 투덜거리면서 몸을 돌렸다.

"지랄들은⋯⋯."

이어서 주위를 두리번거리다가 주소영에게 말했다.

"소영아, 너 오줌 안 눌 거야?"

"안 마려!"

'오줌' 이라는 말이 나오자 주소영은 빽 고함을 질렀다.

아까 출발하기 전에 진검룡이 보는 앞에서 오줌을 쌌던 일 이 생각난 것이다.

그녀는 마침 계류 가에서 괴춤을 정리하며 돌아서는 진검 룡을 있는 힘껏 하얗게 쏘아보면서 내심 중얼거렸다.

'아예 이번 길에 쥐도 새도 모르게 죽여 버릴까?'

"아… 정말 미치겠네……."

그때 낭랑이 다급하게 절벽 가장자리 숲 속으로 달려들어
갔다. 용변이 급한 모양이다.

주소영은 그녀를 보면서 뭐라고 외치려다가 그만두었다.
분타를 떠나서 임무 시에 본대(本隊)에서 이탈할 경우에는 이
인일조(二人一組)가 원칙이다.

그것을 말해주려다가 낭랑의 모습이 숲에 가려 보이지 않
게 되자 포기해 버렸다.

탈혼조와 경혼조는 따로 둥글게 모여 앉아서 점심 식사를
하고 있다.

탈혼조는 진원분타 식당에서 싸준 간단한 외부 임무용 밥
이 고작이다.

하지만 경혼조는 진원현에서 제일 훌륭한 요리 솜씨를 자
랑하는 무악 모친이 정성껏 만들어준 여러 가지 요리다.

거기에 술까지 곁들여졌으니 금상첨화란 이런 것을 두고
하는 말일 게다.

때마침 산들바람이 경혼조 쪽에서 탈혼조 쪽으로 불자, 향
긋한 요리 냄새와 그윽한 술 향기가 솔솔 풍겨가자 탈혼조 조
원들은 침을 삼키면서 부러운 듯이 경혼조 쪽을 쳐다보느라
목이 빠질 지경이었다.

그러나 호태곤만은 얼굴에 불편한 심기를 드러낸 채 자신

의 밥그릇에 고개를 처박을 듯이 숙이고 꾸역꾸역 밥만 먹고 있을 뿐이었다.

경혼조 조원들은 탈혼조가 그러거나 말거나 볼이 미어터지도록 맛있는 요리를 먹고 술잔을 들어 건배하면서 마치 야유회라도 나온 듯 신바람을 냈다.

그들은 떠들면서도 무악 모친의 요리 솜씨가 진원현 최고라고 연신 칭찬해 댔다.

결국 참지 못한 호태곤이 경혼조를 힐끗 쳐다보며 한마디를 했다.

"임무 중에 술을 마셨다가 자칫 실수라도 하면 어쩌려고 그러느냐?"

그러자 조제가 조원들을 둘러보며 넌지시 물었다.

"여기 술 먹고 실수할 사람 있나?"

조원들은 술잔을 들고 제각각 한마디씩 했다.

"아마 없을걸?"

"요즘도 술 마시고 실수하는 인간이 있나?"

그러자 왁! 하고 웃음이 터져 나왔다. 경혼조뿐 아니라 탈혼조도 웃었다. 웃음에는 국경이 없는 법이다.

그러나 호태곤이 슥 둘러보면서 눈을 한 번 부라리자 탈혼조는 잠잠해졌다.

그때 와평이 여유있는 미소를 지으면서 진검룡에게 말했다.

"조장, 요리가 많이 남을 것 같으니 탈혼조에게 나눠 줘도 되겠습니까?"

그 말에 탈혼조 전체가 이쪽을 쳐다보며 눈을 빛냈다. 물론 호태곤은 빼고.

탈혼조 조원들은 진검룡이 묵묵히 고개를 끄덕이는 것을 보고 얼굴에 화색이 돌았다.

와평이 빙그레 미소 지으면서 탈혼조에게 권했다.

"이리들 와서 함께 먹지그래."

탈혼조 조원들은 우르르 경혼조를 향해 파도처럼 몰려갔다.

"제자리에 못 있어?"

순간 호태곤이 버럭 고함을 지르자 그들은 다시 파도처럼 물러나 제자리에 앉았다.

그때 아까부터 낭랑이 돌아오지 않는 것이 신경 쓰였던 주소영이 입안에 요리를 한껏 쑤셔 넣고 와구와구 씹으면서 진검룡을 쳐다보았다.

"낭랑이 아까 저리 볼일 보러 혼자 갔어."

그녀의 입에서 음식 부스러기가 마구 튀었다. 진검룡더러 낭랑에게 가보라는 뜻이다.

진검룡은 묵묵히 주소영을 응시했다.

그 시선이 껄끄러운지 그녀는 씹는 것을 멈추고 눈을 조금 크게 떴다.

"왜?"

그래도 진검룡은 대답없이 쳐다보기만 한다.

"내가 가?"

대답없이 쳐다보기만 하는 진검룡. 틀렸다는 뜻이다.

주소영의 눈이 세모꼴이 됐다. 진검룡이 왜 그러는지 짐작한 것이다.

"젠장! 조장님께서 다녀오세요!"

그녀의 입에서 음식 찌꺼기가 폭발하듯이 뿜어졌다.

슥—

진검룡은 묵묵히 일어나 주소영이 가리킨 방향으로 성큼성큼 걸어갔다.

숲에 들어서서 조금 안으로 들어가자 진검룡은 낭랑이 어디에 있는지 즉시 간파했고, 그녀가 무엇을 하고 있는지도 알아차렸다.

소리가 들려왔기 때문이다.

푸다닥! 뿌직! 뿌지지지…….

사람의 몸에서 그런 이상한 음향이 난다는 것은 딱 한 가지 경우다.

똥 싸는 것이다.

낭랑은 숲 가장자리에서 십여 장이나 들어가 절벽 바로 아래에서 볼일을 보고 있었다.

자신도 볼일 보는 소리가 크게 날 것을 미리 짐작하여 아예 깊숙이 들어간 것이다.

진검룡이 나뭇가지 사이로 그녀를 발견했을 때, 그녀는 두 주먹을 움켜쥔 채 아랫도리에 잔뜩 힘을 주고 있었다.

그 바람에 얼굴로 피가 몰려 새빨갛게 변해서 금방이라도 터질 것만 같았다.

그녀는 절벽을 등진 자세로 있었다. 즉, 진검룡을 향해서 앉아 있는 모습이다.

진검룡은 낭랑이 어디에서 무엇을 하는지 확인했기 때문에 계류 가로 가려고 몸을 돌렸다.

"가, 가지 마."

그때 낭랑이 다급한 목소리로 낮게 외쳤다.

진검룡이 돌아보자 낭랑은 난처한 표정으로 더듬거렸다.

"저기… 혹시 분지(糞紙:똥 닦는 종이) 있어?"

진검룡은 품속에서 분지용 부드러운 종이를 꺼냈다. 그의 실력이라면 아무리 가벼운 분지라고 해도 낭랑에게까지 충분히 날릴 수 있다.

"가… 까이 와서 줘."

그런데 낭랑은 그런 줄은 모르고 분지를 건네달라고 손을 내밀었다.

진검룡이 생각해 보니, 자신과 낭랑이 있는 곳까지 무려 오

장여의 먼 거리를 내공을 사용해서 분지를 날리면 필경 자신의 진실한 실력이 드러날 것 같았다.

그래서 할 수 없이 천천히 그녀에게 걸어갔다. 그는 원래 외면하는 행동을 하지 못하므로 그녀를 똑바로 주시한 채 다가갔다.

아무리 낭랑이라지만 새파랗게 젊은 여자, 그것도 예쁘장한 아가씨가 이런 상황에 처하면 부끄러워하지 않을 수가 없다.

그렇다고 분지가 없으면 더 곤란해진다. 그녀가 볼일을 보고 있는 주변에는 풀 한 포기 자라지 않는 곳이라서 분지를 대신할 만한 것도 마땅치가 않다.

진검룡이 점점 가까이 다가오자 낭랑은 벌리고 있던 다리를 자꾸만 오므렸다.

그러나 대변이라는 것은 다리를 오므리고는 볼 수가 없다.

뿌지지지─

더구나 지금 한참 막 나오고 있는 상황에서는 더욱 그렇다.

그녀가 이런 상황에 처한 이유는 순전히 어젯밤에 과음을 했기 때문에 속이 탈 난 것이다.

앞에서는 분지를 갖다 주러 진검룡이 다가오고 있는데, 무정한 설사는 계속 나오고 있다.

"돼, 됐어. 거기에서 줘."

제아무리 뻔뻔한 낭랑이라고 해도 진검룡이 코앞까지 오

는 것은 견딜 수가 없었다. 그래서 그가 서너 걸음을 남겨두었을 때 급히 소리쳤다.

진검룡은 멈춰서 분지를 내밀었다.

낭랑은 쪼그린 채 한껏 몸을 일으키며 팔을 뻗었다.

탁!

"돼, 됐다."

가까스로 분지 낚아채기에 성공한 낭랑은 한껏 폈던 몸을 움츠리며 원위치로 돌아갔다.

그러나 '늘어난 것은 반드시 줄어든다' 라는 힘의 원리를 그녀는 우습게 여기는 우를 범했다.

한껏 펼쳤던 몸을 굽히게 되면 굽히는 속도가 배가되고, 원래 위치를 지나치게 된다.

털퍽!

"악!"

즉, 자신이 눈 똥 위에 주저앉아 버리고 만 것이다.

구리한 똥 냄새와 함께 정적이 흘렀다.

분지를 건네주고 막 돌아서던 진검룡은 불길한 소리에 다시 돌아섰다. 그리고 그 어이없는 광경을 목격했다.

낭랑은 똥, 아니, 설사똥 위에 퍼질러 앉아서 울상을 짓고 있었다.

"조장. 나… 어떻게 해……?"

지금 상황에서 의지할 수 있는 사람이 조장뿐이라는 사실이 더 싫었다.

경혼조와 탈혼조 조원들은 갑자기 숲 속에서 들려오는 외침에 깜짝 놀랐다.

"그런 짓 하면 안 돼! 하지 마, 제발!"

낭랑의 다급한 비명에 가까운 외침이다.

모두들 움찔 놀라서 일제히 숲을 쳐다보았다.

낭랑의 외침은 계속됐다. 누군가에게 변을 당할 때의 그런 외침이다.

"비겁하게 힘으로 그러기야? 하지 말라니까! 나 이러는 거 처음이야!"

양쪽 조원들은 기묘한 표정을 지었다.

"아악! 아파! 살살 해!"

진검룡은 낭랑의 뒷덜미를 번쩍 들고 조원들이 앉아 있는 곳에서 멀찍이 떨어진 계류 가로 향했다.

낭랑은 바지를 종아리에 걸친 채 똥이 더덕더덕 묻은 궁둥이를 까고 대롱대롱 매달려 가면서 뭘 잘했다고 바락바락 악을 썼다.

"조장! 나한테 이런 짓을 하고 무사할 줄 알아?"

북— 찌익—

날카로운 가시와 나뭇가지가 그녀의 뽀얀, 그러나 똥 묻은 궁둥이를 마구 긁어댔다.

"아, 아파! 좀 자세를 잘 잡아봐!"

계류 가에 도착한 진검룡은 두말하지 않고 낭랑을 계류로
집어 던졌다.

그러나 그곳은 공교롭게도 몹시 얕은 곳이었다.

퍽!

낭랑은 똥 묻은 궁둥이를 하늘로 높이 쳐든 자세로 얼굴을
물속 모래에 처박았다.

서릉협은 계곡이다.

그러나 평범한 계곡이 아니라 폭이 무려 삼십여 리에 이르
고 길이가 팔십여 리에 달하는 실로 거대한 계곡이다.

계곡 복판에는 파경하라는 강이 유유히 굽이쳐 흐르고 있
으며, 그 강은 남쪽으로 이백오십여 리쯤 더 흘러내려 가서
란창강(瀾滄江:메콩강)에 합쳐진다.

파경하 양쪽은 드넓게 펼쳐진 숲이다. 서릉묘족은 파경하
에서 가까운 숲 한가운데에서 수만 마리의 가축을 기르고 각
종 농사를 지으면서 살아가고 있다.

운남성에는 전체 인구의 약 삼 푼 오 리 정도의 묘족이 살
고 있으며, 곤명성을 중심으로 동서남북에 묘족이 살고 있는
데, 동쪽에 살면 동묘족(東苗族), 서쪽에 살면 서묘족(西苗族)
이라고 부르는 식이다.

이곳 서룽협 서룽묘족에는 동서남북 전체 묘족의 최고 우두머리인 대족장(大族長)이 있다.

운남성에 흩어져서 살고 있는 묘족 마을 가운데 이곳 서룽묘족의 규모가 가장 크다.

이곳을 다른 말로는 대묘부(大苗部)라고도 한다. 즉, 바깥 세상에서는 이곳을 '서룽묘족' 이라 부르고, 묘족들끼리는 '대묘부' 라고 부르는 것이다.

이곳의 대족장이 운남성 수십 군데에 흩어져서 살고 있는 삼십만 전체 묘족을 통치하는 것이다.

탈혼조와 경혼조는 캄캄한 밤이 돼서야 마침내 서룽묘족 마을에 들어섰다.

파경하로 흘러드는 한줄기 계류를 따라서 오 리쯤 숲으로 들어가다 보면 계류를 끼고 양쪽으로 삼백여 호의 집들이 모여 있는데 그곳이 서룽묘족이다.

묘족은 밤에는 일을 하지 않는다. 밤이 되면 여러 집의 사람들이 한집에 모여서 요리와 술을 먹고 마시면서 즐겁게 노래를 부르고 춤을 춘다.

묘족은 노래와 춤을 무척 좋아하는 족속이다. 그들의 삶 자체가 노래와 춤이다.

일을 할 때에도, 쉬고 있을 때에도 시간만 나면 노래를 부르고 춤을 춘다.

노래를 부르지 못하고 춤을 추지 못하게 한다면 그들은 스스로 죽은 목숨이라고 할 정도다.

자고로 노래와 춤을 좋아하는 족속치고 악인이 없으며 싸움이 없다고 했다.

묘족은 이날까지 절대로 남에게 피해를 끼치지 않고 자기들끼리 오순도순 살아가고 있다.

그런데 호태곤이 이끄는 탈혼조와 경혼조 이십삼 명이 서릉묘족에 들어섰지만 어디에서도 노랫가락과 악기를 연주하는 소리가 들리지 않았다.

"한밤중에 서릉묘족에서 노랫소리가 들리지 않다니 이상한 일이로군."

"무슨 일이 있는 겐가?"

탈혼조 조원들은 이상하다는 듯 중얼거렸다.

경혼조 조원들은 장관웅을 제외하고는 모두 이곳에 처음 와보는 것이다.

그들은 다른 세상에 온 듯 신기한 얼굴로 주위를 두리번거리면서 마을 깊숙이 들어갔다.

호태곤은 마을 한가운데 아담한 연못가에 위치한 제일 큰 집으로 익숙하게 곧장 걸어갔다.

묘족의 집은 모두 지상에서 석 자 정도 허공에 띄워져서 지어져 있다.

즉, 땅 곳곳에 굵은 기둥을 박아서 석 자 높이에 튼튼한 마루를 깔고 그 위에 집을 지은 것이다.

탈혼조와 경혼조 이십삼 명이 서룽묘족 마을로 들어섰는데도 아무도 그들의 존재를 모르는 것 같았다.

"고추가(古鄒加)! 안에 계시오?"

탈혼조와 경혼조가 제일 큰 집 앞에 멈춰 선 후 선두의 호태곤이 나무 계단 위를 향해 웅혼하게 소리쳤다.

이곳은 대족장의 집인데도 호태곤은 '고추가'라는 호칭을 사용했다.

'대족장'은 외부 사람들이 부르는 호칭이고, '고추가'는 묘족들끼리 부르는 호칭이다.

잠시 후에 문이 열리고 일단의 사람들이 서둘러서 나오는 모습이 보였다.

그들은 고깔모자를 쓰고 알록달록한 옷을 입은 다섯 명의 남자였다.

복판에 반백의 수염을 기르고 체구가 크며 중후한 풍모의 오십대 초반의 묘족 사내가 대족장, 즉 고추가다.

고추가와 남자들은 호태곤 일행을 발견하고 매우 반가운 표정을 지었다.

진원현 근방에는 세 군데의 묘족 마을이 있으며, 그들은 모두 한 달에 한 차례씩 진원분타에 일정한 돈을 상납한다. 보호비 명목인 것이다.

진원분타의 전신(前身)인 오룡방 때부터 계속된 일인데 진원분타가 되고 나서도 계속 이어지고 있었다.

예전에 운남성이 거의 원시림을 간직하던 시절에는 묘족과 여러 소수민족들이 자기들끼리 내왕하면서 살았었다.

운남성에는 수천 년 동안 여러 왕조(王朝)가 거쳐 갔지만 묘족이나 소수민족들에게까지는 손길이 미치지 않았었다.

하지만 몽골 원나라에 의해서 운남성의 대리국(大理國)이 정벌된 이후 현재는 명나라가 곤명성에 운남행성(雲南行省)을 두어 통치하고 있다.

그때부터는 한족들이 운남성으로 물밀 듯이 쏟아져 들어와 갖가지 업에 종사하면서부터 묘족과 소수민족에게도 변화가 생겼다.

제일 큰 변화는 한족들로 이루어진 수적과 산적들이 묘족과 소수민족들을 닥치는 대로 약탈한다는 것이었다.

그 수적과 산적들은 중원에서 녹림(綠林)에 몸담았던 자들인데 신천지나 다름없는 운남성으로 이주해서 더욱 악랄한 약탈을 일삼고 있는 것이다.

묘족이나 소수민족들은 워낙 선량하고 싸움을 싫어할 뿐 아니라 아예 남들하고 싸워본 적이 없기 때문에 말 그대로 수적과 산적들의 밥이나 다름이 없었다.

그래서 묘족과 소수민족들이 궁여지책으로 생각해 낸 방법이 가까운 곳의 한족들이 세운 방, 문파에 매달 일정한 보호비를 내고 수적이나 산적들로부터 보호를 받는 것이었다.

한족들로 이루어진 수적과 산적으로부터 자신들을 보호해 달라고 한족 방, 문파에 돈을 내고 부탁하는 웃지 못할 일이 벌어진 것이다.

"어서 오시오, 호 대인(昊大人)!"

고추가는 급히 계단 아래로 달려 내려와서 호태곤의 두 손을 덥석 잡으며 반겼다.

그의 한어(漢語)는 유창했다. 그만이 아니라 묘족 중에는 한어를 잘하는 사람들이 많다. 한족과 섞여서 살려면 어쩔 수 없는 일이다.

진원분타에서 일개 조장인 호태곤이 이곳에서는 '대인' 대접을 받고 있었다.

호태곤은 뭔가 좀 이상한 분위기를 느꼈다. 원래 고추가와 묘족들이 진원분타 사람들을 반갑게 맞이하고 후하게 대접을 하지만 이 정도까지의 환대는 아니었다.

그래서 그는 이곳 서룽묘족에 무슨 일이 생겼다는 사실을 예감했다.

호태곤의 예감은 적중했다.

이틀 전에 남랑곡의 산적들이 이곳을 습격하여 대대적인 약탈과 아울러 이십여 명의 묘족 젊은 여자들을 납치해서 끌고 갔다는 것이다.

그전에도 반년 동안 보름 걸러 한 차례씩 파경채와 남랑곡,

그리고 알 수 없는 또 다른 산적이 번갈아가면서 습격하여 약탈을 해서 서릉묘족을 빈껍데기로 만들어 버렸다.

그래도 놈들은 마을에 불을 지른다거나 사람을 끌고 가는 일은 없었는데 이번에는 여자들을 납치해 간 것이다. 그것도 예쁘고 젊은 이십 세 전후의 여자들만 골라갔다.

놈들이 약탈을 하면서도 마을을 건드리지 않는 이유는, 그래야지만 이후로도 계속 약탈을 할 수 있기 때문이다. 초토가 돼버린 마을에서는 다음을 기약할 수 없다.

또한 수적이나 산적은 소수민족들을 약탈할 때 짐이 되는 가축이나 농산물은 가져가지 않고 오로지 돈만 요구하는 영리함을 보였다.

소수민족들은 가축과 농산물을 뺏기지 않기 위해서, 그리고 그들이 사람들을 다치게 하지 않으려고 언제나 일정량의 돈을 준비해 두고 있었다.

즉, 수적이나 산적이 쳐들어오면 족장이 서둘러 나와서 돈을 바치고, 그러면 그들은 순순히 물러갔었다.

원래 소수민족들은 돈이 필요하지 않았다. 가축을 키우고 농사를 지어서 자급자족하기 때문이다.

그런데 수적과 산적들이 생겨나면서 그들에게 바치는 돈이 필요하여 가축과 농산물, 약초, 산과 강에서 채취한 소량의 사금이나 은(銀) 따위를 내다 팔게 된 것이다.

이번에 남랑곡은 예전에는 없었던 납치를 감행하고 돌아

가면서 엄포를 놓았다.

만약 닷새 안에 은자 만 냥을 가져오지 않으면 여자들을 모조리 노예로 팔아버리겠다고 말이다.

참고로 서룽묘족이 매월 진원분타에 내는 보호비는 은자 백 냥이다.

"내 딸도 납치됐소이다."

고추가 융타우(隆妥宇)는 침통하게 중얼거렸다.

융타우의 집 안 한복판에는 큼직한 모닥불이 활활 타오르고, 그 주변에는 융타우와 그의 동생들, 사촌들, 그리고 탈혼조와 경혼조가 둘러앉아 있다.

경황 중인데도 융타우의 아내와 딸들은 손님들이 먹고 마실 요리와 술을 내오느라 분주하다. 묘족은 절대로 손님들을 소홀하게 대접하지 않는다.

또한 매월 보호비를 내고 있는데도 진원분타가 보호를 소홀히 해서 번번이 약탈을 당하고 이번에는 여자들까지 납치를 당했으나, 융타우와 그의 동생들은 진원분타에 대한 원망은 단 한마디도 하지 않았다. 그들은 그처럼 선량한 족속인 것이다.

그러나 설명을 다 듣고도 호태곤과 탈혼조는 시큰둥한 얼굴들이다.

그들은 그저 나들이 삼아서 가벼운 마음으로 서룽묘족에 왔을 뿐이다.

언제나 이곳에 오면 융숭한 대접을 받았기 때문에 이번에도 그러려니 생각하고 온 것이다. 그리고는 두 달 치 밀린 보호비나 받아서 가면 그만이었다.

"호 대인, 제발 내 딸과 여자들을 구해주시오."

융타우는 간절한 표정으로 호태곤을 쳐다보며 부탁했다. 그들이 기댈 곳은 진원분타밖에 없었다.

"글쎄……"

그런데도 호태곤은 수염도 없는 턱을 쓰다듬으면서 난감한 듯 고개를 모로 꼬았다.

파경채의 수적이나 남랑곡의 산적들은 한마디로 만만한 놈들이 아니다.

원래 운남성의 대표적인 세 개의 강인 란창강이나 노강(努江), 금사강(金沙江) 등은 강폭이 넓어지고 유속이 완만한 몇 군데를 제외하고는 지독한 급류라서 배를 운행하는 것이 불가능하다.

그러므로 그보다 작은 지류에 배를 띄우는 것은 자살행위나 다름이 없다.

그런데도 파경채 수적들은 파경하에 배를 띄우고 수적질을 하고 있으니, 그들의 배를 모는 솜씨가 어떠리라는 것은 짐작하고도 남음이 있다.

또한 남랑곡의 산적은 깊은 산중에 숨어 있어서 찾아내는 것만으로도 벅찬 일이다.

진원현을 비롯한 이 일대는 남북으로 천여 리나 길게 뻗은 험준한 무량산(無量山) 산중이라서 산 하나를 넘는 데 하루 이상 걸리는 일이 허다하다.

"우리가 남랑곡의 본거지를 알고 있습니다."

그때 지켜보고 있던 융타우의 동생이 초조한 표정으로 말문을 열었다.

어떻게라도 보탬이 돼서 호태곤이 남랑곡에서 묘족 여자들을 구출하게 하려고 애쓰는 기색이 역력하다.

남랑곡의 본거지를 안다면 큰 문제 하나가 풀린 셈이다.

하지만 그것은 백 가지 큰 문제 중에서 겨우 하나일 뿐이다. 앞으로 구십구 개의 큰 문제가 남아 있다. 최소한 호태곤은 그렇게 생각했다.

그는 추혼향주 양구에게 서릉묘족의 문제를 해결하고 수금해 오겠다고 호언장담했으나 상황이 그리 녹록하지가 않게 되었다. 아니, 한 걸음도 앞으로 나갈 수가 없다.

"음, 남랑곡 산적들은 수가 얼마나 되지?"

그는 불과 이십삼 명으로 남랑곡을 공격할 생각 따윈 추호도 하지 않았다.

자신과 진검룡을 포함하여 탈혼조와 경혼조 모두를 희생시켜도 묘족 여자들을 구할 수 없을 것이라고 지레 속단을 내린 상태다.

그러므로 남달리 수하들을 끔찍이 아끼는 호태곤으로서는

시도해 볼 가치마저도 없는 일이었다.

묘족 백 명의 목숨이 한족 한 명만도 못하다고 여기는 그가 아닌가.

그가 남랑곡 산적이 몇 명이나 되느냐고 물은 것은 순전히 체면 때문이다. 하지 않겠다고 작정했지만 언제 발을 빼야 하는지가 문제다.

"남랑곡 산적들이 나흘 전 이곳에 약탈을 왔을 때에는 백여 명 정도였습니다."

이번에는 융타우의 다른 동생이 대답했다. 수를 줄여서 말할 수도 있으나 이들은 거짓말이나 수작 같은 것을 부릴 줄 모른다.

융타우의 두 동생과 두 명의 사촌 동생은 서릉묘족의 소족장(小族長)들이며, 각자 오륙십에서 칠팔십 가구를 거느리고 있다.

백여 명이라는 말에 호태곤은 진저리를 쳤다.

"굉장하군."

남랑곡의 세력권은 이 일대 이백여 리고, 그 안에는 소수민족 칠십여 개의 마을이 있다.

그들이 서릉묘족에 백여 명을 이끌고 왔다면 최소한 그보다 서너 배는 더 많다고 봐야 마땅하다.

설사 호태곤에게 묘족 여자들을 구할 마음이 있다고 해도 이건 계란으로 바위를 치는 격이다.

호태곤은 융타우 등의 기대를 일찌감치 꺾는 것이 좋겠다고 생각했다.

"불가능하오."

호태곤만 바라보고 있던 융타우와 네 동생들 얼굴에 절망의 기색이 가득 떠올랐다.

융타우는 호태곤에게서 시선을 거두고 탈혼조와 경혼조 조원들을 두루 쳐다보았다.

도움을 바라는 표정이지만 모두들 그의 시선을 외면하느라 바빴다.

그러나 단 두 사람, 진검룡과 주소영은 호태곤을 똑바로 쳐다보고 있었다.

문득 호태곤의 시선이 방갓을 깊숙이 눌러쓴 진검룡에게 고정되었다.

그러자 호태곤은 혹시 진검룡이 쓸데없는 짓이라도 할까봐 미리 연막을 쳤다.

"이 사람은 이번에 새로 온 경혼조장이오."

융타우와 동생들의 얼굴에 흐릿한 기대가 떠올랐으나 호태곤의 다음 말에 실망한 표정으로 변했다.

"이 사람과 경혼조는 오늘 구경 삼아 왔을 뿐이오."

第九章
남랑곡(南狼谷)으로

大中原

진검룡과 경혼조는 숙소로 안내됐다.

여러 개의 방이 있는 것이 아니라 커다란 방에 푹신한 양털이 깔렸으며 한복판에는 모닥불이 활활 타올랐다.

뾰족한 천장 가운데가 이중으로 되어서 한 자 남짓한 틈이 벌어져 있기 때문에 연기는 그곳으로 다 빠져나갔다.

묘족들은 네 방 내 방의 구별이 없다. 아무 데서나 자면 거기가 내 방이고 침상이다.

조원이 많은 탈혼조는 더 큰 집으로 갔다. 서랑묘족 전체가 침통한 분위기라서 예전처럼 아름다운 묘족 처녀들의 춤과 노래를 감상하거나 술에 취해서 흥청거릴 엄두를 내지 못하고 다들 일찌감치 잠자리에 들었다.

"동풍, 낭랑, 주소영을 찾아와라."

모닥불 가에 앉은 진검룡이 누우려고 자리를 잡은 동풍과 낭랑에게 지시했다.

"이 다람쥐만 한 계집애는 어딜 싸돌아다니는 거야?"

동풍은 아무 소리 하지 않는데, 낭랑은 투덜거리면서 동풍과 함께 밖으로 나갔다.

진검룡은 조금 전에 융타우의 집을 나설 때, 주소영이 사람들의 눈을 피해서 뒤로 슬쩍 빠졌다가 누군가를 슬그머니 뒤쫓아가는 것을 보았다.

그녀가 쫓아간 사람은 융타우의 두 동생 중 한 명이다. 아까 남랑곡의 본거지를 알고 있다고 말한 동생이다.

진검룡은 여전히 모닥불 가에 앉아 있고, 장관웅과 와평, 조제는 방의 세 방향에서 잠이 들었다.

자는 모습만 봐도 그 사람의 성격이나 살아온 과정을 대충 짐작할 수가 있다.

천하태평이고 우직한 장관웅은 대자로 늘어지게 자고, 조제는 구석에서 새우처럼 웅크린 채 자고 있다.

노인네 와평은 똑바로 누워서 두 손을 가슴에 얹고 깊은 생각에 잠긴 듯한 모습으로 자고 있다.

하지만 진검룡은 그의 숨소리를 듣고 그가 아직 자지 않고 있다는 사실을 알았다.

아마도 그는 주소영과 그를 데리러 간 동풍, 낭랑이 돌아와야지만 잠이 들 것이다.

조직에서 나이가 가장 많은 사람은 행동 면에서는 느리거나 금세 지칠지 몰라도 동료들을 배려하고 챙기는 데에는 큰 몫을 한다.

그런데 일각 후에 동풍 혼자서 돌아왔다.

조원들은 이제 진검룡의 성격을 조금 파악했다. 특히 그가 말하는 것을 싫어한다는 사실을 제일 먼저 깨달았다. 그래서 그가 묻기 전에 먼저 보고해야 한다는 사실을 배웠다.

"낭랑 소저는 주 소저와 함께 있습니다."

그는 말투가 매우 공손하고 사람들, 특히 여자들에겐 더욱 친절하다. 그리고 젊은 여자는 다 '소저'라고 호칭한다.

주소영을 찾아서 데려오라고 했는데, 오히려 같이 나간 낭랑이 주소영과 함께 있다는 보고에도 진검룡은 표정이 전혀 변하지 않았다.

"낭랑 소저는 주 소저와 의기투합했습니다."

주소영을 데려오랬더니 주둥이가 댓 발은 나와서 투덜거리던 낭랑이 그녀와 의기투합했다는 것이다.

동풍은 진검룡의 인내심을 시험하는 짓 따윈 하지 않고 곧바로 설명을 했다.

"예전에 주 소저의 부모가 산적들에게 잔인하게 죽임당하고 어린 동생이 납치되어 노예로 팔려 갔다고 합니다. 그래서 주 소저는 남랑곡 산적들에게서 묘족 여자들을 구출해 오겠다는 것입니다. 그 말을 듣고 낭랑 소저도 분노하여 함께 남랑곡으로 가기로 했습니다."

"그것참 곤란하구만."

놀란 목소리로 그렇게 말하면서 부스스 일어나 앉는 사람은 와평이다.

그는 무릎걸음으로 기어와서 모닥불 가에 앉은 후 동풍에게 넌지시 물었다.

"주소영은 아까 융타우 동생에게 남랑곡 위치를 알아낸 모양이로군."

생강은 늙을수록 매운 법이다. 아까 주소영이 슬쩍 뒤로 빠져서 융타우 동생을 만나러 갔던 것을 진검룡만 눈치챈 것이 아니었다.

"그래서, 그녀들은 어디에 있나?"

"떠났습니다."

와평의 물음에 동풍은 입맛이 쓰다는 표정으로 대답했다.

와평은 어이없다는 듯 눈을 크게 떴다.

"어디로? 설마 남랑곡으로 갔단 말인가?"

"어디라고 말하지는 않았지만 아무래도 남랑곡으로 간 것 같습니다."

와평은 혀를 끌끌 찼다.

"쯧쯧쯧… 조장의 허락도 받지 않고 함부로 행동하다니."

그는 동풍을 책망했다.

"철없는 두 여자를 가지 못하게 붙잡아야지 가겠다고 그냥 보내면 어떻게 하나?"

동풍은 빙그레 미소 지었다.

"제가 붙잡는다고 가지 않을 소저들입니까?"

사실 동풍은 그녀들의 말을 듣고 깜짝 놀라서 결사적으로 말렸었다.

그러다가 낭랑에게는 뺨을 호되게 얻어맞았고, 주소영에 겐 욕을 한 바가지나 들었다.

와평은 동풍의 오른쪽 뺨이 벌겋게 달아오른 것을 보고 어떻게 된 일인지 짐작했으나 모른 체했다.

거기에서 말이 끊어졌다. 동풍과 와평은 진검룡의 반응을 보려고 처다봤으나 그는 모닥불의 불꽃만 무표정하게 응시하고 있을 뿐이다.

그러더니 뒤로 쓰러지듯 그 자리에 벌렁 누워서 얼굴에 방 갓을 덮어버렸다.

동풍과 와평은 잠시 진검룡을 굽어보다가 그가 꼼짝도 하지 않자 각기 두 방향으로 나누어서 기어가더니 양털 위에 누워서 잠을 청했다.

두 사람은 진검룡에게 어떻게 할 것이냐고 묻지 않았다.

남랑곡 산적 소굴에서 묘족 여자들을 구하겠다고 밤길을

나선 주소영과 낭랑의 행동은 실로 무모함의 극치를 보여주는 것이다.

그렇다고 진검룡이 남은 조원들을 이끌고 그녀들을 따라가서 함께 행동하는 것은 더 무모한 짓이다.

하지만 최소한 진검룡 자신이 직접 움직이거나 조원들을 시켜서라도 그녀들을 찾아서 강제로 데리고 오려는 시도라도 해야지만 조장으로서 사리에 맞는 행동이다.

그런데도 그는 그 자리에 벌렁 누워서 잠을 청하고 있지 않은가.

하지만 동풍과 와평은 진검룡의 결정에 따라야만 한다.

진원분타뿐만 아니라 여타 어느 방파라 해도 말단 무사들에게 있어서 실질적인 생살여탈권자는 방주나 문주가 아니라 조장이다.

만약 향주나 당주가 명령하는 것과 조장이 명령하는 것이 각기 다른 것이라면, 조원들은 당연히 조장의 명령에 따라야만 한다.

향주나 당주는 단지 상전일 뿐이지만, 조장은 상전이면서 동료이기 때문이다.

그러므로 조장이 누워서 자면 조원도 누워서 자는 수밖에 없는 것이다.

와평은 주소영과 낭랑을 걱정하다가 깜빡 잠이 들었다. 진원현을 떠나 서릉묘족까지 험한 산길을 오느라 강행군을 한 탓에 심신이 극도로 지쳐 버렸다.

더구나 나이가 사십에 점점 가까워지면서부터는 예전 같지 않게 체력이 많이 달리는 것을 생생하게 느끼고 있었다.

장관웅과 조제는 일찌감치 곯아떨어졌고, 동풍도 낮게 코를 골면서 잠이 들었다.

[일어나라.]

그때 경혼조 네 명의 고막을 먹먹하게 만들 정도의 커다란 목소리가 울렸다.

와평과 동풍, 조제는 벌떡 일어났고, 장관웅은 누운 채 눈을 뜨고 어리둥절한 표정으로 두리번거렸다.

와평과 동풍, 조제는 앉은 채 눈을 크게 뜨고 진검룡을 쳐다보았다.

그는 모닥불 가에 우뚝 서서 조원들을 굽어보고 있었다.

방금 조원들은 자다가 진검룡이 큰 소리로 외치는 목소리를 들었다.

하지만 실상은 진검룡이 다섯 명 모두에게 동시에 전음입밀의 수법을 사용한 것이다.

물론 조원들 다섯 명은 전음입밀을 사용하지 못한다. 내공이 없거나 부족하기 때문이다.

그러나 조원들은 진검룡이 전음입밀을 전개했을 것이라고는 생각하지 않았다. 그저 큰 소리로 자신들을 깨운 것이라고 생각하고 있었다.

잠시 후에 장관웅까지 일어나서 모두들 진검룡 주위로 모여들었다.

동풍과 와평은 진검룡이 주소영과 낭랑을 찾으러 가자고 그러는 것이라고 짐작했으나 나머지 두 사람은 영문조차 알지 못했다.

"가자."

진검룡은 그 말만 하고 즉시 집 밖으로 나갔다.

동풍과 와평은 영문을 모르는 두 사람에게 주소영과 낭랑이 남랑곡으로 갔다는 것, 그리고 자신들의 짐작을 설명해 주면서 진검룡을 뒤따라 나갔다.

장관웅과 조제는 놀라면서도 어이없다는 표정을 지었다.

"그녀들을 붙잡으러 갈 거면 아까 가지 왜 한참이나 지나서야 가는 거야?"

조제가 맨 뒤에서 따라가면서 투덜거렸다.

사실 그 점은 동풍과 와평도 이해하기 어려운 점이었다.

그저 진검룡이 자다가 곰곰이 생각을 해보니까 도저히 그녀들이 걱정돼서 이제라도 찾으러 가려는 것이라고 생각할 수밖에 없었다.

그러나 그들은 곧 진검룡의 의도를 깨닫게 되었다.

그는 주소영과 낭랑을 찾으러 숲으로 들어가지 않았다.

그가 찾아간 곳은 탈혼조가 자고 있는 집이었다. 진검룡은 와평을 시켜서 호태곤을 불러냈다.

잠이 덜 깨고 의아한 표정으로 집에서 나온 호태곤은 진검룡과 경혼조 조원들이 집 밖에 서 있는 것을 보고 적잖이 놀라는 표정을 지었다.

"무슨 일인가, 이렇게 늦은 밤에?"

"조원 두 명이 실종됐다."

"실종? 누가?"

진검룡의 짤막한 대답에 호태곤은 눈을 커다랗게 떴다. 그는 누구냐고 물어보고는 경혼조 조원들을 둘러보다가 누군지 즉시 알아차렸다. 그는 눈썰미가 뛰어나다.

"소나찰(小羅刹)하고 자네와 염문을 뿌렸던 계집이로군."

주소영은 어린것이 평소에 얼마나 악독하게 굴었으면 진원분타에서 '소나찰' 이라는 별호를 얻었다.

그리고 아까 낮에 계류 가에서 휴식을 취할 때 낭랑이 궁둥이에 똥을 묻혀서 진검룡이 그걸 씻기러 가는 도중에 난리법석을 떨었던 일 때문에 사람들은 진검룡과 낭랑이 숲 속에서 한바탕 무슨 일을 벌인 것이라고 웃어넘겼다.

물론 진검룡이 낭랑하고 남녀 간의 음탕한 짓을 했을 것이라고 상상하는 사람은 아무도 없다.

단지 낭랑이 그런 오해를 불러일으키게 하는 식으로 소리쳤기 때문에 웃자고 하는 소리였다.

"도대체 어떻게 된 건가?"

호태곤이 급히 물었는데도 진검룡은 대답을 하지 않았다.

그러자 동풍이 대신 입을 열었다.

"먼저 주소영 소저가 산책을 좀 하겠다고 나갔었고, 잠시 후에 그녀를 찾으러 낭랑 소저가 나갔다가 지금까지 돌아오지 않고 있습니다."

동풍은 진검룡이 호태곤에게 사실대로 밝히지 않으려고 하는 의도를 어느 정도 알아차린 것이 분명하다. 그렇지 않으면 이런 식으로 둘러댈 리가 없다.

호태곤이 와락 인상을 썼다.

"그걸 왜 이제야 말하는 거야?"

이번에는 와평이 나섰다.

"조장하고 우리가 여태껏 찾아 헤맸으나 소득이 없어서 이렇게 탈혼조장을 찾아온 것이오."

여태 퍼질러서 잠만 실컷 자놓고서 터진 입이라고 말은 잘한다.

호태곤은 얼굴을 있는 대로 일그러뜨리며 투덜거렸다.

"빌어먹을! 경혼조는 이름 그대로 내 혼을 놀라게 만드는 조로구만!"

동풍은 진검룡의 속을 어느 정도 짐작했으나, 와평은 좀 더 간파했다.

결론적으로 말하자면, 진검룡은 남랑곡에서 묘족 여자들을 구해오려는 것 같다.

물론 처음에 주소영과 낭랑이 불을 붙이지 않았으면 그런 생각을 아예 하지 않았을 것은 당연하다.

　그러나 경혼조 일곱 명만으로는 역부족이라고 생각해서 탈혼조까지 끌어들이려는 것이 분명하다.

　그런데 왜 서둘지 않고 지금까지 느긋하게 있었는가 하면, 주소영과 낭랑이 이곳에서 좀 더 멀어질 때까지 기다렸던 것 같다.

　그래야지만 호태곤과 탈혼조를 동원하더라도 그녀들을 쉽게 찾을 수가 없을 테고, 그녀들을 찾기 위해서는 점점 더 남랑곡으로 가까이 다가가게 될 것이기 때문이다.

　그래서 주소영과 낭랑이 남랑곡에 이미 잠입을 해서 일을 벌이게 된 것을 알게 되면 호태곤도 어쩔 수 없이 동조할 수밖에 없을 터이다.

　그리고 계획대로 호태곤은 말려들고 있었다.

　"조원들을 어떻게 관리했기에 이 지경이 됐는가?"

　호태곤은 진검룡을 질타했으나 그는 묵묵히 서 있기만 했다.

　"아… 정말 일이 왜 이렇게 꼬여?"

　그는 허공에 주먹질을 해대며 울화를 터뜨리고 나서 갑자기 서둘렀다.

　"조원들을 깨워서 데리고 나올 테니까 기다리게."

　호태곤이 집으로 달려들어 가려고 하자 진검룡이 조용히

입을 열었다.

"날랜 수하로 다섯 명만 데리고 와라."

"다섯 명만? 어째서?"

호태곤은 의아한 표정을 지었다.

아니, 경혼조 조원들도 영문을 몰라 의아해서 진검룡을 쳐다보았다.

"도섭스럽게 설칠 것 없다."

"도섭스럽다?"

호태곤은 중얼거리다가 곧 고개를 끄덕였다.

"그렇군. 여자 둘을 찾는 일에 수하들을 다 몰고 갈 필요는 없겠지."

호태곤이 집으로 들어가자 진검룡은 동풍에게 지시했다.

"너는 을지간(乙支干)을 데려와라."

동풍은 의아한 표정을 지었다.

"을지간이 누굽니까?"

장관웅이 대신 대답했다.

"아까 남랑곡의 위치를 안다고 말했던 고추가의 동생이 을지간이야."

"아…….."

아까 융타우가 지나가는 말처럼 동생의 이름을 불렀었는데 그것을 진검룡이 기억하고 있었다는 사실에 조원들은 적잖이 놀랐다.

동풍이 을지간을 깨우러 뛰어간 후 진검룡의 의도를 전혀 모르고 있는 장관웅이 의아한 얼굴로 진검룡에게 물었다.

"을지간은 왜 부른 겁니까?"

진검룡은 역시 짧게 대답했다.

"남랑곡의 위치를 아니까."

"에엣?"

"서, 설마?"

장관웅과 조제는 소스라치게 놀랐다.

와평은 진검룡의 의도를 짐작하고 있었으나 막상 그의 입으로 듣게 되자 적잖이 놀랐다.

"미… 쳤군!"

"지금 제정신이오?"

장관웅과 조제는 대경실색하여 소리치고 나서 고개를 절레절레 저었다.

"난 안 가겠소. 아직 죽을 나이가 아냐."

"나도 남랑곡을 내 무덤으로 삼고 싶지는 않소."

그러자 와평이 조용히 일깨워 주었다.

"조원의 임무는 조장의 명령에 절대복종하는 것이네."

"그래도 난 안 가겠소."

장관웅은 떨떠름한 표정인 데 비해서 조제는 아예 딱 잘라서 말했다.

와평은 조제를 내버려 두고 장관웅에게 물었다.

"자넨 정말 가지 않을 텐가?"

장관웅은 어두운 숲을 쳐다보았다.

"그러니까 두 여자는 남랑곡에 간 것이로군."

"그렇지."

"제길, 계집들 꽁무니를 따라가는 것조차 하지 못하면 무슨 낯으로 다니겠소?"

장관웅은 와평에게 물었다.

"영감은 어쩔 건데?"

"나야 조장이 가면 어디든 따라가야지."

그들의 대화를 듣고 조제는 망설이는 표정이었으나 결국 따라나서지는 않았다.

그는 경혼조의 모습을 보는 것이 지금이 마지막일 것이라 생각하고 있었다.

일행은 해시(亥時:밤 10시) 즈음에 서릉묘족을 출발하여 한 시진쯤 숲을 헤치면서 서북쪽을 향해서 계속 전진했다.

숲은 말 그대로 인적이 전혀 닿지 않은 원시림이었다. 더구나 밤이라서 을지간을 길잡이로 데리고 오지 않았으면 숲 속에서 사방을 분간하지 못하고 길을 잃을 뻔했다.

을지간은 전후 사정을 전혀 모른 채 탈혼조와 경혼조가 남랑곡에 묘족 여자들을 구하러 가는 것으로만 여기고 발걸음이 날아가는 듯이 가벼워졌다.

틀린 짐작은 아니다. 다만 호태곤과 탈혼조 조원들이 아직 그 사실을 모르고 있을 뿐이었다.

그러나 그들은 시간이 지날수록, 그리고 점점 서북쪽으로만 가는 것을 보고 이상한 생각이 들었다.

주소영과 낭랑을 찾으려면 서릉묘족 주변에서 넓게 흩어져서 찾아야지, 지금처럼 한쪽 방향으로 곧장 가는 것은 목적지가 이미 정해져 있다는 뜻이었다.

"이봐."

급기야 호태곤이 그 자리에 멈춰 서면서 진검룡을 불렀다.

"지금 어디로 가는 거지?"

진검룡의 대답은 언제나 그렇듯이 간결하다.

"내 조원들을 구하러."

호태곤은 전진하고 있는 방향의 어두운 숲을 가리켰다.

"그녀들이 저쪽에 있나?"

진검룡은 고개를 끄덕였다.

호태곤은 슬쩍 인상을 썼다.

"뭐야? 그렇다면 자넨 처음부터 그녀들이 있는 곳을 알고 있었다는 건가?"

이번에 진검룡은 고개를 끄덕이지도 않았다.

경혼조는 물론이고 탈혼조 조원들은 진검룡처럼 과묵한데다가 상대를 무시하는 사람은 생전 처음 본다.

호태곤은 뭔가 심상치 않음을 느끼면서 물었다.

"그녀들이 간 곳이 어딘가?"

"남랑곡."

"뭐, 뭐야?"

호태곤은 물론 탈혼조 조원들은 그 자리에서 펄쩍 뛸 정도
로 놀랐다.

그들은 설마 주소영과 낭랑이 남랑곡으로 갔을 줄은 꿈에
도 예상하지 못했었다.

무슨 영문인지 모르는 을지가운 한쪽에 서서 조심스럽게
사태를 지켜보기만 했다.

그로서는 여차하면 누이동생을 비롯한 여자들을 구하지
못할지도 모르기 때문에 누구보다도 초조했다.

호태곤은 아무 말도 하지 않고 한참 동안 진검룡을 무섭게
쏘아보다가 이윽고 무겁게 입을 열었다.

"왜 처음부터 사실대로 말하지 않은 건가?"

"말했으면 따라왔겠느냐?"

"음......"

물론 따라올 리가 없다. 그렇기 때문에 더 화가 치미는 것
이다. 미리 알았더라면 자신은 물론이고 무슨 수를 써서라도
진검룡마저 가지 못하게 막았을 것이다.

호태곤은 너무 어이가 없어서 말이 나오지 않을 정도였다.

"이따위 무모한 짓이 성공할 것 같은가? 게다가 남랑곡을
공격할 것 같으면 수하들을 다 데리고 와도 모자랄 판국에 왜

겨우 다섯 명만 데려오라고 한 것인가? 자네, 전술이라는 것을 알고 있기는 한 건가?"

호태곤은 결코 말이 많은 사람이 아니지만 지금 같은 상황에서는 할 말이 태산처럼 많을 수밖에 없다.

그는 진검룡을 처음 만났을 때 그가 풍기는 범상치 않은 기도 때문에 뭔가 한 가닥 하는 자일지도 모른다는 생각을 했었다.

첫 대면에서 그가 별것 아닌 자라는 판단을 내렸으면 벌써 그 자리에서 깔아뭉갰을 것이다.

호태곤은 속에서 천불이 터져 나올 것 같고 답답해서 미칠 지경이었다.

그가 방금 쏟아낸 말은 하고 싶은 말의 백분의 일에도 미치지 못한다.

"만약 지금 돌아가지 않는다면 평생 후회하게 만들어주겠네. 그나마 여기 있는 사람들 목숨이라도 온전히……."

"갈 테냐 말 테냐?"

"딸꾹!"

진검룡이 말을 뚝 자르자 호태곤은 느닷없이 딸꾹질이 났다.

호태곤이 무슨 말을 해야 할지 모른 채 우두커니 서 있자 진검룡은 더 이상 그를 상관하지 않고 가던 방향으로 계속 전진하면서 중얼거렸다.

"남랑곡과 싸우자는 게 아니다. 거기에 내 조원들이 있기 때문에 가는 것이다."

호태곤은 캄캄한 숲 속으로 멀어지고 있는 진검룡과 경혼 조원들을 멀뚱히 쳐다보며 서 있었다.

그는 주소영과 낭랑이 어째서 먼저 남랑곡에 간 것인지도 진검룡에게 물어보지 못했다.

호태곤과 함께 온 다섯 명의 조원은 말을 붙일 상황이 아니라서 긴장된 표정으로 잠자코 기다렸다.

이윽고 호태곤은 오만상을 쓰면서 진검룡을 따라가기 시작하며 씹어뱉듯 중얼거렸다.

"우라질, 저 인간을 이대로 놔두고 분타로 돌아가면 윗대가리들에게 뭐라고 변명을 하냐구."

하지만 그는 순전히 문책이 두려워서 진검룡을 따라가는 것은 아니었다. 사실은, 어쩌면 운이 좋아서 묘족 여자들을 구할 수도 있지 않을까 하는 얄팍한 기대를 품고 있기 때문이다.

와평은 호태곤이 저만치에서 뒤따라오는 것을 보고는 그럴 줄 알았다는 표정을 지었다.

그리고는 다시 진검룡을 보면서 내심 적잖이 감탄했다.

'기막힌 두뇌 회전이로군. 탈혼조장을 마치 어린아이처럼 다루고 있어.'

와평은 진검룡에게서 시선을 떼지 못했다.

'이 사람이 도대체 무슨 생각을 하고 있는지 짐작도 하지

못하겠군.'

남랑곡은 말 그대로 하나의 골짜기였다.

그런데 진검룡 일행이 지금까지 봐왔던 원시림하고는 전혀 다른 광경이 눈앞에 펼쳐져 있었다.

골짜기 입구에는 거친 급류가 가로질러 흐르고 있으며, 폭이 무려 칠팔 장에 달했다.

또한 매우 깊은 듯해서 물로 들어가 건너는 것은 불가능해 보였다. 하지만 그럴 필요는 없을 듯했다.

급류 위에는 골짜기 입구 쪽으로 다리가 하나 놓여 있었는데, 허공에 떠 있는 구름다리다.

급류 양쪽 커다란 바위에 굵은 줄을 나란히 묶어서 그 위에 나무판자를 빼곡하게 잇대었으며, 허리 높이에 두 개의 줄이 손잡이로 길게 뻗어 있다.

그런데 다리 양쪽에 아무도 지키는 사람이 없었다.

자세히 보니까 그럴 만한 이유가 있었다. 다리 중간쯤 띄엄띄엄 세 군데 손잡이밧줄에 어린아이 머리만 한 크기의 종이 하나씩 달려 있었다.

누가 다리를 건너면 심하게 흔들릴 테고, 그러면 종이 세차게 울리는 것은 당연지사다.

그러나 종을 발견한 사람은 진검룡뿐이다. 너무 어두워서 구름다리조차도 흐릿하게 보이는 상황이다.

구름다리 건너 골짜기 입구는 수레 한 대가 들어갈 수 있을 정도로 매우 좁았다.

그 안쪽은 캄캄한 어둠에 덮여 있어서 뭐가 있는지 아무것도 보이지 않았다.

하지만 공력이 심후한 진검룡의 눈에는 대낮처럼 밝게 보였다. 예전에 익히 보아왔던 산적들 소굴과 별반 다를 게 없는 광경이다.

골짜기 입구가 좁기 때문에 안쪽이 전부 보이지는 않고 몇 채의 건물들만 보였다.

통나무로 지었는데 제법 컸다. 한 채에 족히 사오십 명은 기거할 수 있을 듯했다.

그 외에 골짜기 입구 양쪽은 깎아지른 듯한 높은 절벽이어서 그곳을 통해 잠입하는 것은 쉬울 것 같지 않았다.

물론 진검룡에게는 문제가 되지 않지만, 다른 조원들이 절벽을 넘는 것은 엄두도 내지 못할 일이었다.

하지만 구름다리를 무사히 건너기만 한다면 아무도 지키지 않는 골짜기 입구로 걸어 들어가면 될 테니까 구태여 절벽을 넘어야 할 일은 없을 듯했다. 문제는 종소리가 나지 않게 구름다리를 건너는 것이었다.

진검룡과 호태곤 일행은 골짜기 입구가 한눈에 보이는 숲 가장자리에 모여 있었다.

호태곤은 미간을 좁히며 구름다리를 쏘아보았다. 구름다

리와 골짜기 입구를 지키는 산적이 한 명도 없다는 사실이 마음에 걸렸다.

하지만 그는 편한 쪽으로 생각했다. 남랑곡 소굴은 을지간이 안내를 하지 않았으면 찾아오지 못했을 정도로 원시림 깊은 오지에 있다.

그렇기 때문에 산적들은 대체 누가 자신들을 급습하겠는가, 하고 안심하고 있는 것이 분명했다.

'그렇다면 급습을 해서 산적을 일망타진하는 것도……'

그런 생각이 조금 들었으나 곧 고개를 흔들고 말았다.

정확한 수는 모르지만 남랑곡 산적의 수는 아무리 적게 잡아도 이백 명 이상일 것이다.

그런데 이쪽은 고작 열한 명뿐이다. 아무리 급습을 한다고 해도 열한 명으로 이백여 명을 당해낼 수는 없다.

그래서 그는 조용히 구름다리를 건너서 그냥 묘족 여자들을 구하고 주소영과 낭랑을 찾아서 서릉묘족으로 돌아가는 방향으로 생각을 굳혔다.

진검룡은 골짜기 안쪽을 묵묵히 주시했다.

주소영과 낭랑이 보이지 않고 흔적도 없는 것으로 미루어 이미 남랑곡 안으로 잠입한 듯하다.

아니면 멋모르고 다리를 건너다가 종이 울려서 남랑곡 산적들하고 한판 드잡이를 벌인 끝에 잡혔거나 도망쳤을지도 모른다.

어쨌든 포기하지는 않은 것 같다. 그랬다면 그녀들이 서릉 묘족으로 돌아오다가 진검룡 일행과 만났을 것이다.

그때 호태곤이 구름다리에서 시선을 거두고 진검룡을 보며 진중한 얼굴로 물었다.

"어떻게 할 텐가?"

"다리를 건너야지."

"괜찮을까?"

"내가 먼저 가서 신호를 하면 그때 건너라."

말을 끝내고 진검룡은 숲에서 나와 구름다리로 향했다.

"같이 가자."

호태곤이 뒤따라 달려왔다. 조원들이 뒤따르려고 하자 그대로 있으라는 손짓을 했다.

진검룡은 아무 말 하지 않고 곧장 구름다리로 성큼성큼 걸어갔다.

이어서 구름다리 앞에 이르자 뒤도 돌아보지 않고 다리가 시작되는 곳을 가리켰다.

"여기에서 기다려라."

호태곤은 주춤했다가 그대로 진검룡의 뒤를 따랐다.

뚝!

진검룡은 다리에 한쪽 발을 딛고서 뒤돌아보며 무표정하게 중얼거렸다.

"기다려라."

호태곤은 진검룡이 자신을 수하처럼 다루는 것에 울컥 화가 치밀었다.

하지만 때가 때인만큼 발작하지 않고 그 자리에서 멈췄다. 자신이 조금 참으면 시끄러운 일이 일어나지 않을 것이라 생각했다.

진검룡은 구름다리 위로 올라서서 곧장 성큼성큼 걸어갔다.

그런데 심하게 흔들릴 것 같던 구름다리가 미동조차 하지 않았다.

호태곤의 눈에는 그가 그냥 걸어가는 것 같지만 실상은 몸을 깃털처럼 가볍게 해서 걷고 있는 것이다. 그렇게 하지 않으면 세 개의 종이 미친 듯이 울릴 것이다.

진검룡은 구름다리의 중간 조금 못 미쳐서 첫 번째 종을 밧줄에서 떼어내 급류에 버렸다.

'저놈 뭐 하는 거야?'

호태곤은 구름다리 위를 걸어가던 진검룡이 멈춰서 무엇인가를 하자 시력을 돋우어 자세히 보려고 했다.

그가 무엇을 급류에 버리는 것 같았지만 신경을 쓰지 않았기 때문에 자세히 보진 못했다.

두 번째로 그가 멈추자 호태곤은 상체를 앞으로 길게 빼고 눈을 좁혔다.

'저건?'

이번에는 제대로 봤다. 그의 눈이 잘못되지 않았다면 진검룡의 손에 잠시 쥐어져 있다가 급류로 버려지고 있는 것은 분명히 종이었다.

호태곤은 너무 큰 충격을 받고 그 자리에 석상처럼 굳어버렸다.

'구름다리에 종이 달려 있었어……'

그래서 구름다리를 지키는 산적들이 없었던 것이다.

조금 전에 호태곤 등이 숨어 있던 숲 가장자리에서 종이 달려 있는 곳까지의 거리는 아무리 못해도 사십여 장은 족히 된다.

이런 캄캄한 밤중에 사십여 장 거리의 종을 발견하는 것은 호태곤의 상식으로는 절대로 불가능한 일이었다.

그런데도 진검룡은 발견했다. 그뿐 아니라 그는 그 사실을 아무에게도 말하지 않고 혼자 해결하려고 했다.

그리고 더욱 놀라운 것은, 진검룡이 종이 매달려 있는 구름다리를 건너는데도 종소리가 나지 않았다는 사실이다.

다시 구름다리를 걸어가고 있는 진검룡을 보면서 호태곤은 머릿속이 마구 헝클어졌다.

그가 걸어가고 있는데도 구름다리가 조금도 미동하지 않고 있다는 사실을 그제야 새삼스럽게 깨달았다. 아까는 그냥 무심하게 봐 넘겼던 일이다.

'도대체 저놈은 뭐야?'

진검룡이 어떻게 해서 캄캄한 밤에 사십여 장 거리에 있는 종을 발견했으며, 구름다리 위를 종이 울리지 않게 걸었는지는 모르겠지만 한 가지 사실만은 분명하다.

진검룡이 호태곤 자신하고는 비교조차 할 수 없을 정도의 실력을 지니고 있다는 사실이다.

그때 진검룡이 다시 걷기 시작했다. 그리고는 세 번째로 멈췄으며 곧 무언가를 급류에 버렸다.

너무 멀어서 보이지 않았지만 종이 분명했다. 구름다리에는 종이 세 개씩이나 매달려 있었던 것이다.

세 개의 종을 떼어내서 버린 진검룡은 뒤돌아보지 않은 채 어깨 너머로 손을 까딱거렸다. 호태곤더러 이제 와도 좋다는 뜻이다.

그러나 호태곤은 너무 큰 충격을 받고 얼이 빠져 있어서 진검룡의 신호를 보고서도 우두커니 서 있을 뿐이었다.

잠시 후 정신을 차린 호태곤은 진검룡의 모습이 시야에서 사라진 것을 깨닫고 깜짝 놀랐다. 그리고는 그가 조금 전에 신호를 보낸 것을 기억해 냈다.

'이런… 정신을 어디에 팔고 있는 거야.'

그는 급히 숲 가장자리의 조원들에게 와도 좋다고 신호를 보내자마자 나는 듯이 구름다리를 달려갔다.

휘청!

"우웃!"

순간 구름다리가 뒤집어질 것처럼 요동을 치자 그는 소스라치게 놀라서 급히 손잡이밧줄을 잡았다.

밧줄을 잡는 것이 조금만 늦었더라도 그는 급류로 떨어지고 말았을 것이다.

"으으… 도대체……."

그는 이 시린 신음 소리를 내며 진검룡이 사라진 골짜기 입구 쪽 어둠을 쳐다보았다.

진검룡이 건널 때는 구름다리가 미동조차 하지 않았다는 사실 때문에 호태곤은 졸도할 만큼 놀라고 있는 것이다.

이제 호태곤에게 있어서 진검룡은 더 이상 새로 온 만만한 조장이 아니었다.

오히려 신비하고 의문투성이의 함부로 대할 수 없는 존재가 돼버렸다.

第十章

구출

大中原

다리를 건넌 호태곤과 조원들은 골짜기 입구 안쪽에 있는 하나의 커다란 바위 뒤에 모여 있었다. 그 바위에는 구름다리를 연결한 밧줄이 묶여 있었다.

"조장, 어떻게 할 거요?"

기다림이 길어지자 탈혼조 조원 한 명이 답답하다는 듯 성화를 했다.

호태곤은 대답하지 않고 골짜기 안쪽을 뚫어지게 쏘아보기만 했다.

지금 그는 진검룡을 기다리고 있는 중이다. 그러나 예전의 그는 이러지 않았다.

최대 난관이었던 구름다리까지 건너온 상황이라면 죽이되든 밥이 되든 일단 골짜기 안으로 달려들어 갈 일이지, 이런 식으로 무작정 기다리는 것은 성미에 맞지 않았다. 원래 기다리는 사람은 신경이 날카로워지는 법이다.

하지만 지금은 평소처럼 행동할 수가 없다. 수백 명의 산적을 상대로 경거망동하는 것은 절대 금물이다. 자칫 터럭만 한 실수라도 하는 날이면 전원 몰살이다.

칼날 한 자루로 밥을 먹고사는 사람은 언제, 어느 곳에서 죽음을 맞이할는지 모른다.

하지만 이런 산적 소굴에서 죽는다면 죽어서도 저승으로 가지 못하고 구천을 떠돌게 될 것이다.

싸움이라면 뒤로 물러서 본 적이 없었고, 또 겁이라고는 모르는 호태곤이다.

하지만 지금까지 경험을 통틀어도 기껏해야 몇십 명을 상대로 드잡이를 해본 것이 전부였다.

이렇게 많은 적을 앞두고 있는 것은 머리털 나고 처음 있는 일이었다. 그러니까 자연 긴장할 수밖에 없다.

더구나 그는 조금 전에 진검룡의 대단한 실력을 직접 목격했었다.

그가 알고 있는 바로는 자신의 주위에 그 정도 실력을 지니고 있는 사람은 아무도 없다.

주위라고 해봤자 추혼향주나 창룡당주, 예전에 무술을 배웠던 무도관의 사부 정도다. 진원분타의 다른 당주들이나 분타주가 실력을 발휘하는 광경은 본 적이 없다.

아무튼 그가 아는 사람 중에서 진검룡은 단연 최고의 실력자가 분명하다.

진검룡의 무술 실력을 보진 못했으나 하나를 보면 열을 알 수 있는 법이다. 최소한 호태곤 자신보다는 훨씬 뛰어날 것이 분명하다.

그렇기 때문에 그는 은연중에 진검룡을 이 무리의 우두머리로 인정하고 있었다.

그래서 그의 명령이 떨어질 때까지 기다리고 있는 것이다. 그가 무슨 계획을 품고 있는지도 모르면서 움직여서는 안 된다는 생각이 들었다.

그런 것들을 일일이 수하들에게 설명할 필요는 없다. 자신이 진검룡에게 승복하고 꼬리를 내렸다는 사실을 모두에게 일부러 알려주고 싶지는 않다.

"누가 온다."

그때 누군가 골짜기 안쪽을 가리키면서 나직이 속삭였다.

저벅저벅.

흐릿한 발자국 소리가 들려왔다. 그것은 진검룡이 조원들을 놀라게 하지 않으려고 일부러 내는 발자국 소리다.

순간 탈혼조원 중의 한 명이 재빨리 골짜기 안쪽을 향해 활을 겨누었다.

눈을 부릅뜨고 극도로 긴장한 모습이 여차하면 쏠 기세다.

호태곤과 조원들은 숨을 멈춘 채 눈도 깜빡이지 않고 발자국 소리가 들려오는 곳을 주시했다.

산적들이 경계를 도는 것일 수도 있다. 그렇다면 쥐도 새도 모르게 처치해야 한다.

그때 흐릿한 사람의 모습이 나타났다. 그러자 긴장을 하고 있던 누군가 흑! 하고 나직한 헛바람 소리를 토해냈다.

그 바람에 활을 겨누고 있는 조원이 움찔 놀라 자신도 모르게 나타난 사람을 향해 활을 발사했다.

티잉!

"안 돼."

바로 그 순간 나타난 사람이 진검룡이라는 것을 알아본 호태곤이 급히 손을 들었다.

하지만 이미 시위를 떠난 화살은 진검룡을 향해 일직선으로 쏘아가고 있었다.

모두들 나타난 사람이 진검룡이라는 것을 확인했을 때 화살은 그의 정면 일 장 거리에 쇄도하며 가슴을 향해 무섭게 쏘아가고 있었다.

호태곤을 비롯한 조원들 얼굴에 다급함이 떠올랐다. 그들의 상식으로는 지척 거리에서 쏘아낸 화살을 피할 수 있는 사람은 없었다.

그런데 실로 경이로운 일이 벌어졌다. 화살이 코앞에 이르렸을 때 진검룡이 슬쩍 상체를 한쪽으로 기울였고, 화살은 어깨 바깥으로 아슬아슬하게 스쳐 지나갔다.

진검룡의 상체가 똑바로 섰을 때 화살은 그의 뒤로 날아가고 있었다.

그 광경은 마치 화살이 그의 상체 한복판을 뚫고 지났거나 처음부터 화살이 빗나가게 잘못 쏜 것처럼 보였다.

아니, 실제 조원들 절반 이상은 자신들이 착각을 하거나 화살을 잘못 쏘았을 것이라고 생각했다.

'기가 막히다……'

그러나 제대로 본 사람 중의 한 명인 호태곤은 벌린 입을 다물지 못했다.

그리고 와평은 눈을 빛냈다.

'조장은 최소한 분타주만큼 뛰어난 인물이다. 이런 촌구석에서 말단 조장이나 하고 있을 사람이 아니다.'

조원들은 진검룡이 다가오는 것을 마치 귀신이 나타난 것 같은 표정으로 쳐다보았다.

"가자."

바위 가까이 온 진검룡은 따라오라고 손짓을 하고 다시 왔던 길을 가기 시작했다.

그는 이각 정도 남랑곡 내를 살피고 돌아왔다. 물론 아무에게도 발각되지 않았다.

그의 첫째 목적은 주소영과 낭랑을 찾으려는 것이고, 둘째

는 납치된 묘족 여자들이 갇혀 있는 곳을 알아내려는 것이었
다.

주소영과 낭랑은 찾지 못했으나 묘족 여자들이 있는 곳은
알아냈다.

그녀들을 찾는 과정에서 남랑곡 산채의 대략적인 위치와
분위기도 파악했다.

산적들은 모두 깊은 잠에 빠져 있어서 웬만한 소란이 아니
면 깨어나지 않을 것이다.

묘족 여자들은 골짜기 가장 안쪽의 어느 건물에 감금되어
있었는데, 그곳에는 산적 다섯 명이 그녀들을 지키면서 술을
마시고 있었다.

진검룡 혼자서 산적 다섯 명을 처치하고 묘족 여자들을 구
출하는 일은 손바닥을 뒤집는 것처럼 간단한 일이다. 하지만
그렇게 하지 않았다.

그가 진원분타의 말단 조장으로 외천되어 온 이후에 가장
조심해야 할 점은, 자신의 진실한 실력이 겉으로 드러나지 않
도록 하는 일이었다.

그것만 조심하면 이곳에서 별다른 어려움 없이 조용하게
지낼 수 있을 것이라는 생각이다.

하지만 부자는 아무리 가난한 체해도 가난한 사람의 눈에
는 부유하게 보이는 법이다.

그런 것처럼, 진검룡 같은 절정고수가 아무리 조심을 한다

고 해도 자신도 모르게 아주 작은 실수가 드러날 수도 있다.

추처낭중(錐處囊中)이라고 했다. '주머니 속의 송곳'이라는 뜻이다.

재능이 아주 뛰어난 사람은 아무리 감추려고 해도 송곳이 주머니를 뚫고 나오는 것처럼 재능이 밖으로 드러날 수밖에 없다는 것이다.

이를테면 진검룡이 아까 구름다리를 건넌 것이나 화살을 아무렇지도 않게 피한 것 등이다.

하지만 구름다리를 건너지 않을 수 없는 일이고, 화살을 피하지 않으면 죽거나 다칠 수밖에 없는 상황이니까 어쩔 수 없는 일이었다.

*   *   *

"젠장……."

주소영은 아까부터 계속 투덜거리고 있었다.

그녀의 앞쪽에는 낭랑이 입을 꾹 다문 채 부지런히 걸어가고 있다.

두 여자는 물에 흠뻑 젖은 모습이다. 걸을 때마다 머리카락과 몸에서 물이 뚝뚝 떨어졌다.

반 시진 전에 그녀들은 남랑곡 급류 위에 걸쳐진 구름다리를 아무 생각 없이 건너다가 별안간 미친 듯이 종소리가 울리는 바람에 소스라치게 놀라서 앞뒤 생각할 겨를도 없이 급류로 뛰어들었었다.

그러나 곧 후회했다. 급류에 빠져서 떠내려가는 그녀들은 죽을 때까지 잊지 못할 끔찍한 경험을 했다.

물속에 가라앉았다가 떠오르기를 수없이 반복하면서 배가 터지도록 물을 마셨다.

또한 세차게 떠내려가면서 바위에 무수히 부딪치는 고통은 이루 말로 다할 수가 없었다.

그렇게 저승의 문턱에 수없이 들락거리다가 먼저 떠내려간 낭랑이 요행히 한 팔로 바위를 붙잡은 채 사력을 다해서 주소영을 붙잡아주지 않았더라면, 그다음은 생각만 해도 끔찍하다. 필경 익사해서 물고기 밥이 되었을 터이다.

이후 두 여자는 간신히 급류 가장자리로 올라섰는데, 그것이 남랑곡 쪽이었다.

서릉묘족으로 돌아가려면 다시 진저리쳐지는 급류를 건너야 하지만, 그 지경이 돼서도 두 여자는 돌아갈 생각 따윈 하지 않았다.

그런 점에서 두 여자는 의기가 상통했다. 많은 부분이 다른 두 여자지만, 오기와 자존심이 남달리 강하다는 것만은 비슷했다.

지금 두 여자는 남랑곡 골짜기 입구를 향해서 급류를 따라 올라가고 있는 중이었다.

죽다가 살아났으면 기진맥진해서 쓰러져 있을 만도 한데, 그러는 것은 그녀들의 오기가 용서하지 못했다.

그때 앞서서 부지런히 걸어가던 낭랑이 문득 걸음을 멈추고 바위 틈새에서 무엇인가를 집어들었다. 그것은 손목 굵기 정도의 나뭇가지다.

낭랑은 급류에 떠내려오면서 자신의 검은 물론 애지중지하던 비파마저도 잃어버리고 말았다. 하지만 그녀는 한마디도 주소영을 원망하지 않았다.

그 대신 무기가 없기 때문에 이 나뭇가지로 무기를 대신할 생각이었다.

그녀는 무기가 없으면서도 남랑곡에서 묘족 여자들을 구해낼 생각을 포기하지 않았다.

그때 뒤따라온 주소영이 그 모습을 보고는 품속에서 은빛 단검 한 자루를 꺼내서 내밀었다.

"이걸 써."

그 단검은 주소영이 몹시 아끼는 것이었다. 하지만 지금 그녀가 낭랑에게 느끼고 있는 감정보다는 덜하다.

주소영 혼자 이곳에 왔으면 아까 급류에 떠내려가서 죽었을 것이다. 낭랑은 그녀의 목숨을 구해주었다.

그리고 낭랑은 주소영을 따라왔다가 죽을 고비를 넘겼다. 그런데도 한마디 원망도 하지 않고, 남랑곡으로 가는 것을 포기하지도 않았다.

지금 주소영이 낭랑에게 느끼고 있는 감정은 고마움만이 아니다.

뭐라고 설명하기 어려운 복잡한 감정이다. 그러나 주소영이 낭랑에게 친밀감을 느끼고 있는 것만은 분명하다.

낭랑은 단검과 주소영의 얼굴을 번갈아 쳐다보면서 즉시 받지 않았다.

"돌려주지 않아도 돼. 너 가져."

고집불통에다가 성질머리가 난폭하고 예의라곤 없는 주소영이 이러는 것은 평생에 한 번 있을까 말까 한 일이다.

주소영도 양쪽 엉덩이 쪽에 차고 있던 한 쌍의 쌍도를 급류에서 잃어버렸다.

하지만 품속에 있는 단검과 암기들은 다행히 그대로 남아 있었다. 그녀는 그것만으로 남랑곡과 싸울 생각이었다.

"이 단검이 네 마음에 들지 않는 거야?"

단검을 내밀고 있는 주소영이 묻자 낭랑은 그녀를 쳐다보며 날카로운 표정을 지었다.

"나보다 어린것이 반말을 하면 죽이고 싶어져."

"너……."

전혀 뜻하지 않은 말에 주소영은 발끈해서 내밀었던 단검을 치켜들었다. 여차하면 찌를 기세다.

하지만 낭랑은 꼼짝도 하지 않고 냉랭하게 말했다.

"말을 곱게 잘 하던가 아니면 그따위 쇠붙이는 도로 집어

넣어라."

주소영은 입술을 잘근잘근 깨물면서 싸늘하게 낭랑을 노려보았다.

낭랑은 예상 밖의 강적이다. 그녀가 이런 식으로 나올 줄은 몰랐다.

한참 낭랑을 쏘아보던 주소영은 치켜들었던 단검을 슬며시 내리고 다시 내밀었다.

"자, 받아, 언니."

주소영이 누군가를 언니라고 부르는 것은 생전 처음 있는 일이다.

낭랑은 단검을 받아서 품속에 갈무리하고 팔을 주소영의 어깨에 얹으며 엷은 미소를 지었다.

"가자, 소영아."

*   *   *

"계획이 뭐요?"

진검룡에게 뒤처지지 않으려고 옆에서 바짝 붙어 따르고 있는 호태곤이 나직이 물었다.

그의 말투와 행동은 어느 틈에 변해 있었다. 진검룡이라는 사람을 새롭게 인식했기 때문에 언행이 자연스럽게 변한 것이다.

"사람들을 구해서 나온다."

"주소영과 낭랑은?"

"이곳에 없다."

진검룡은 남랑곡 산채를 미리 숙지했으므로 골짜기 외곽으로 돌아서 거침없이 전진했다.

그것을 보고 호태곤은 진검룡이 이미 남랑곡 산채를 제대로 숙지했다는 사실을 깨달았다.

그가 이곳에 주소영과 낭랑이 없다고 말하면 그녀들은 없는 것이다.

호태곤은 이제 진검룡 말이라면 아무리 얼토당토않게 들려도 다 믿게 되었다.

진검룡 일행은 묘족 여자들이 갇혀 있는 통나무집 앞에 이르러 멈추었다.

"여자들을 지키고 있는 산적은 다섯이다."

통나무집 앞에 늘어선 조원들은 잔뜩 긴장한 모습이다.

"어떻게 할 거요?"

"한꺼번에 들이닥쳐서 최대한 빨리 죽인다."

호태곤도 지금으로선 정면으로 돌파하는 것이 최선이라고 생각했다. 더구나 산적이 다섯 놈뿐이라면 문제도 되지 않을 것이다.

그런데 그때 통나무집 안에서 날카로운 여자의 외침이 터져 나왔다.

"가까이 오지 마!"

또렷한 한어다.

호태곤과 조원들은 흠칫했다.

진검룡은 새로운 사실을 감지했다. 아까 탐색을 왔을 때에
는 이곳 통나무집 안에 산적이 다섯 명이었는데 지금은 네 명
뿐이다.

그것은 숨소리를 듣는 것만으로도 능히 알 수 있었다. 여자
의 숨소리와 남자의 숨소리는 각기 다르다.

아까는 다섯 놈이던 산적이 지금은 네 명뿐이고, 여자가 날
카롭게 외치고 있다. 그것은 무엇을 의미하는가.

"들어가라."

진검룡은 호태곤에게 가볍게 고개를 끄덕였다.

호태곤이 즉시 통나무집 문으로 달려가자 조원들이 무기
를 움켜잡은 채 바짝 뒤를 따랐다. 물론 경혼조원들도 그들에
섞여서 뒤따랐다.

시골구석의 일개 무사들치고는 민첩함이 제법이다.

진검룡은 뒤처져서 천천히 걸어갔다. 자신이 나서지 않아
도 충분하기 때문이다.

탈혼조원 한 명이 조심스럽게 문을 밀었으나 꿈쩍도 하지
않았다. 안에서 잠긴 것이다.

그러자 경혼조원 장관웅이 묵묵히 앞으로 나서더니 별로

힘들이지도 않고 어깨로 문을 찍듯이 밀었다.

뻐걱!

빗장이 부러지는 음향과 함께 문이 안쪽으로 왈칵 열렸다. 부러진 빗장은 어른 허벅지 두께만 한데 단번에 부러뜨리다니, 역발산(力拔山)의 괴력이다.

순간 호태곤을 비롯한 탈혼조, 경혼조 조원들이 파도처럼 안으로 쏟아져 들어가며 무기를 뽑았다.

통나무집 안은 문 쪽을 제외한 삼면에 곡식 자루와 나무 궤짝이 켜켜이 쌓여 있는 것으로 미루어 창고인 듯했다.

문에서 서너 걸음 안쪽에 나무 탁자 하나가 놓여 있으며, 그곳에는 먹다 만 술과 요리가 어질러져 있었다.

아마 산적들은 술을 마시면서 묘족 여자들을 지키고 있었던 모양이다.

진검룡의 간파는 정확했다. 산적은 네 명이었다. 그런데 그들은 모두 일어나서 한쪽 방향으로 서 있었다.

그중 한 명이 손에 도를 움켜쥔 채 몇 걸음 앞에 있었는데, 그자의 앞에 한 명의 아리따운 묘족 소녀가 두 손으로 도를 움켜쥔 채 마주 서 있었다.

그리고 묘족 소녀 뒤에는 잡혀온 이십여 명의 묘족 여자들이 겁에 질린 표정으로 모여 서 있었다.

특이한 점은 묘족 소녀 옆 바닥에 한 명의 산적이 널브러져 있다는 사실이었다.

그런데 목이 반쯤 잘려져 피를 많이 쏟은 채 죽어 있는 모습이다.

실은 조금 전에 술에 취한 산적 한 놈이 묘족 소녀를 겁탈하려고 덮치는 일이 벌어졌었다.

다른 네 놈은 그걸 보면서 자기들끼리 좋다고 낄낄거리면서 웃고 있었다.

그때 밑에 깔려서 버둥거리며 반항을 하던 묘족 소녀가 본능적으로 산적의 어깨에서 검을 뽑아 힘껏 목을 내려쳐서 죽였던 것이다.

그러던 차에 실내에 있던 사람들은 느닷없이 들이닥친 호태곤 일행 때문에 소스라치게 놀랐다.

상황은 눈 한 번 깜빡할 사이에 끝났다.

호태곤이 묘족 소녀를 몰아붙이고 있던 산적에게 달려들어 도끼로 머리를 내리찍었다.

그와 동시에 장관웅과 두 명의 탈혼조원이 나머지 세 명의 산적에게 득달같이 달려들어 그들이 무기를 뽑기도 전에 목을 자르거나 심장을 찔러 버렸다.

순식간에 바닥에는 다섯 명의 산적이 목불인견의 처참한 모습으로 죽어 있고, 피 냄새가 진하게 풍겼다.

묘족 소녀와 묘족 여자들은 아직도 어떻게 된 상황인지 미처 깨닫지 못하고 있었다.

"공주(公主)."

호태곤이 묘족 소녀를 부르면서 다가갔다.

"가까이 오지 마!"

순간 묘족 소녀는 피 묻은 도를 두 손으로 움켜쥐고 몸을 사리면서 발작적으로 외쳤다.

호태곤은 멈춰 서서 부드러운 미소를 지었다.

"나요, 진원분타의 호태곤."

묘족 소녀는 그래도 경계를 풀지 않고 호태곤을 날카롭게 쏘아보았다.

그러다가 그의 모습이 낯익다는 생각이 들어 흑백이 또렷한 눈을 깜빡이면서 말끄러미 바라보았다.

"호 조장님……?"

"그렇소. 공주를 구하러 왔소."

"아아……."

쨍그렁!

그제야 묘족 소녀는 안도의 표정으로 뜨거운 눈물을 주르르 흘리면서 도를 떨어뜨렸다.

그녀는 묘족 대족장, 즉 고추가 융타우의 딸인 미미(美美)이며 공주의 신분이다.

융타우는 삼십만 묘족의 왕 같은 존재이므로 그의 무남독녀 외동딸인 미미가 공주인 것은 당연하다.

문 안쪽에 서 있는 진검룡은 실내의 광경을 묵묵히 바라볼 뿐 나서지 않았다.

호태곤이 진검룡을 쳐다보았다. 이제 어떻게 하느냐고 묻는 것이다.

진검룡은 가볍게 고개를 끄덕였다.

무슨 뜻인지 알아차린 호태곤은 조원들을 지휘하여 공주 미미와 묘족 여자들을 인솔하여 왔던 길을 되짚어 골짜기 입구로 향했다.

"미미야!"

"숙부님!"

구름다리 건너 숲 가장자리에서 초조하게 기다리고 있던 을지간은 미미를 발견하고 기쁨의 탄성을 터뜨렸으며, 미미는 울면서 달려가 그의 품에 안겼다.

서룽묘족으로 돌아가는 길에는 호태곤과 탈혼조원들이 앞서고, 그 뒤를 을지간과 미미, 묘족 여자들이, 그리고 맨 뒤에서 경혼조원과 진검룡이 후미를 경계하면서 따라갔다.

호태곤과 탈혼조원들은 개선장군처럼 의기양양해서 씩씩하게 앞길을 텄다.

죽다 살아난 미미와 묘족 여자들은 밝은 얼굴로 얘기하면서 뒤따랐다.

호태곤과 탈혼조원, 그리고 경혼조원들은 묘족 여자들을 무사히 구출한 것이 진검룡 덕분이라고 생각했다.

진검룡은 입을 굳게 다문 채 대열의 맨 뒤에서 묵묵히 따르고 있을 뿐이다.

사실 탈혼조원과 경혼조원들은 진검룡이 어떻게 활약했는지에 대해서는 제대로 알지 못했다.

진검룡이 구름다리를 먼저 건너간 다음에 남랑곡 산채에 잠입해서 묘족 여자들이 감금된 장소를 알아냈다는 정도가 전부다.

그런데 그것만으로 거뜬하게 묘족 여자들을 구출했다.

산적 다섯 명을 주살했으며, 우리 쪽 피해는 전무하다. 싸우지도 않고 목적을 달성했으니까 최상의 승리이며 전과(戰果)를 올린 것이다.

진원분타 창룡당 휘하의 탈혼조와 경혼조는 일찍이 이 정도의 대단한 성과를 올린 적이 한 번도 없었다.

이것은 창룡당이 생긴 이래 최고의 성과이기 때문에 탈혼조원과 경혼조원들은 어깨를 으쓱이면서 한껏 의기양양해했다.

그래서 주소영과 낭랑의 실종에 대해서는 단 한 사람 진검룡을 제외하곤 모두 잠시 잊고 있었다.

그때 맨 뒤에서 걷던 진검룡의 귀가 쫑긋거렸다.

그는 남랑곡을 출발한 이후 줄곧 청력을 돋우고 있었는데 방금 어떤 소리를 감지했다.

그것은 누군가 싸우는 소리고, 여러 사람이 한꺼번에 외치는 소리이며, 남랑곡 쪽에서 들려오고 있었다.

이곳에서 남랑곡은 십여 리의 거리인데 진검룡의 귀에는 근처에서 듣는 것처럼 또렷하게 들렸다.

진검룡이 반사적으로 떠올린 생각은 주소영과 낭랑이 남랑곡 산적들과 싸우고 있을 것이라는 짐작이었다.

그럴 가능성이 컸다. 지금 상황에서 그녀들이 아니면 누가 남랑곡 산적들과 싸우겠는가.

그는 잠시 생각하다가 혼자 남랑곡으로 가봐야겠다고 결정했다.

만약 낭랑과 주소영이 남랑곡 산적들과 싸우고 있다면 그녀들을 구하기 위해서 진검룡이 나서야 하는데, 그럴 경우 모두가 그의 실력을 보게 될 것이다.

그렇게 되면 진원현에서 조용히 살고 싶다는 그의 작은 소망이 위태로워진다.

"와평."

그는 바로 앞에서 가고 있는 와평을 조용히 불렀다.

와평이 멈춰서 뒤돌아보자 그는 가만히 일러주었다.

"나는 잠시 다녀올 곳이 있으니 아무에게도 말하지 말고 계속 가라."

와평은 의아한 표정을 지었으나 진검룡의 표정이 완고한 것을 보고 입을 다물었다.

순간 진검룡은 몸을 돌리자마자 왔던 길을 되돌아 달리기 시작했다. 빠르게 달리면서도 낙엽을 밟는 소리조차 일체 나지 않았다.

　와평은 멀어지는 진검룡을 바라보면서 한 가지 생각을 떠올렸다.

　진검룡이 왔던 길을 다시 되돌아가는 이유는 낭랑과 주소영 때문일 것이라는 생각이다.

　진검룡이 시야에서 사라지자 와평은 몸을 돌렸다. 일행은 벌써 저만치 가고 있었다.

　그는 부지런히 뒤쫓으면서 어떻게 해야 좋을지 생각했다. 그리고는 진검룡의 명령대로 그냥 입을 다물고 있는 게 좋겠다고 결정했다.

第十一章
몰살(沒殺)

大中原

진검룡은 뒤돌아보고 와펑이 보이지 않자 상승의 경공을 전개하여 질주하기 시작했다.

발끝으로 한차례 땅을 박찰 때마다 사오 장씩 쏘아낸 화살처럼 달렸다.

그러면서 그는 자신이 도착할 때까지 낭랑과 주소영이 무사하기를 빌었다.

그녀들과 개인적인 친분은 없지만 어쨌든 자신이 책임져야 할 조원들이다. 첫 임무에서 조원을 잃고 싶지는 않다.

그가 달리고 있는 동안 남랑곡 쪽에서는 무기끼리 부딪치는 소리와 비명 소리, 고함 소리가 뒤섞여서 계속 들려왔다.

그런 소리가 들리는 한 낭랑과 주소영은 살아 있다는 뜻이었다.

탈혼조원과 경혼조원이라면 반 시진 이상 소요될 거리를 그는 불과 일다경 만에 달려서 남랑곡에 도착했다.

그가 구름다리를 나는 듯이 건너고 있을 때까지도 남랑곡 골짜기 안쪽에서 싸우는 소리가 계속 흘러나오고 있었다.

낭랑과 주소영은 기대 이상으로 잘 버텨주고 있었다.

진검룡은 단숨에 골짜기 안쪽, 그녀들이 싸우고 있는 곳에 이르렀다.

그리고는 낭랑과 주소영이 어째서 꽤 오랫동안 죽지 않고 버틸 수 있었는지 이유를 알게 되었다.

남랑곡 산채 중앙에는 매우 넓은 광장이 있었다. 지금 그곳에 이백여 명의 산적들이 둥글게 원을 형성한 채 구름처럼 모여 있었다.

그런데 그들은 싸움을 하지 않고 무엇인가를 열심히 구경하고 있었다.

그들의 안쪽에서는 낭랑과 주소영이 피투성이가 된 채 십여 명의 산적과 치열하게 싸우고 있는 중이었다.

그리고 그녀들의 주위 바닥에는 십오륙 명의 산적이 죽거나 다쳐서 나뒹굴어 있었다.

그녀들은 서로 등을 맞댄 채 각각 한 자루씩의 도를 두 손으로 움켜쥐고 눈을 부릅뜬 사나운 모습으로 십여 명의 산적을 상대로 사력을 다해서 싸우고 있었지만 몹시 지친 듯한 모습이다.

그녀들은 어깨와 등, 옆구리, 허벅지, 둔부 부위에 찔리고 베인 상처를 입었는데 치명상은 아니지만 가벼운 상처 또한 아닌 듯했다.

상처를 지혈할 겨를마저 없어서 계속 피를 흘리고 있는데다가 자신들이 죽인 산적들의 피를 뒤집어써서 마치 핏물로 목욕을 한 것처럼 섬뜩한 모습이다.

그녀들은 진검룡과 탈혼조, 경혼조가 이미 묘족 여자들을 구출해서 떠났다는 사실은 까맣게 모른 채 묘족 여자들을 구하려고 산채에 잠입해서 건물을 하나씩 뒤지다가 발각되고 말았다.

싸움이 벌어지자 그녀들은 도망치는 대신에 자신들을 발견한 산적들에게 달려들어 죽여 버렸다.

그러자 비명 소리를 듣고 잠에서 깬 산적들이 우르르 쏟아져 나왔고, 그녀들은 죽인 산적의 도를 집어들고 싸움을 시작하여 지금 이 상황에 이르게 된 것이다.

산적들은 한꺼번에 두 여자에게 달려들어 단시간 내에 그녀들을 죽이거나 제압할 수 있었으나 그러지 않았다.

남랑곡 곡주(谷主)의 명령 때문이다. 남랑곡주는 싸움이 가장 잘 보이는 위치에 커다란 의자를 갖다 놓게 하고 거기에 깊숙이 몸을 묻은 채 술을 마시면서 마치 경치를 감상하듯 싸움을 구경하고 있었다.

밤이 깊었으나 남랑곡주는 자고 있지 않았다. 그는 두 명의 여자와 흐벅지게 정사를 벌이고 있다가 괴한이 침입했다는 보고를 받고 밖으로 뛰어나왔었다.

그런데 침입자가 아리따운 두 명의 젊은 여자인 것을 보고는 그녀들을 사로잡아서 욕정을 채워야겠다는 흑심을 품게 되었다.

그래서 죽이지 말고 사로잡으라고 명령했으며, 수하들과 그녀들이 싸우는 광경을 구경하기 위해서 일부러 열 명씩 상대하도록 명령했던 것이다.

남랑곡주는 묘족 여자들이 구출됐다는 사실을 아직도 모르고 있는 상태였다. 알았다면 지금처럼 한가하게 앉아 있지는 못할 것이다.

낭랑과 주소영의 실력은 시골구석의 분타에서 하급 무사 노릇을 하기에는 아까울 정도로 뛰어났다.

그렇다고 해서 고수(高手)라는 소리를 들을 정도는 아니다.

그저 무사로서 조금 뛰어나다는 것이다.

조장을 하면 조금 달리고, 조원을 하면 넘치는 정도다.

그녀들의 실력은 산적 서너 명을 한꺼번에 상대할 수 있을 만한 수준으로 십여 명은 벅차다.

낭랑이 주소영보다 월등하게 나은 실력이며, 싸우는 도중에 주소영이 위기에 처할 때마다 낭랑이 급히 도움을 주고 있었다.

남랑곡주는 눈이 매운 자라서 그녀들의 실력을 한눈에 간파하고는 열 명의 산적이 싸우게 했다.

열 명의 산적 중에서 한 명이 죽으면 즉시 새로운 한 명이 뛰어들어 다시 열 명을 만들었다.

그러므로 낭랑과 주소영은 아무리 죽이고 죽여도 계속 열 명의 산적들과 싸울 수밖에 없었다.

그녀들은 산적 십오 명을 죽이는 동안 이미 극도로 지친 상태가 되었다.

더구나 자신들의 검이 아닌 산적의 무거운 도를 사용하기 때문에 제 실력을 제대로 발휘할 수도 없을뿐더러, 더 빨리 지쳤다.

남랑곡주는 그녀들이 거친 숨을 헐떡이면서 사력을 다해 도를 휘두를 때마다 출렁이는 젖가슴과 씰룩이는 궁둥이를 음탕한 눈빛으로 주시하고 있었다.

"흐악!"

그때 공격하던 산적 한 명이 낭랑의 도에 어깨를 찍히고는 처절한 비명을 지르며 뒤로 비틀비틀 물러나다가 그대로 풀썩 주저앉았다.

"악!"

그러나 그때 주소영이 날카로운 비명을 터뜨렸다. 산적의 도가 그녀의 아랫배를 비스듬히 세로로 그어버린 것이다.

"소영아!"

낭랑은 다급히 외치면서 그녀에게 가려고 했으나 공격하는 산적들 때문에 그럴 수가 없는 상황이었다.

낭랑과 주소영은 서로 등을 맞댄 자세였으나 정신없이 싸우다 보니까 떨어지게 되었다.

주소영의 아랫배에서 피가 콸콸 쏟아졌다. 그녀는 왼손으로 배를 움켜잡고 미친 듯이 도를 휘둘렀다.

하지만 피가 쏟아져 나가는 것만큼 몸에서 기력이 빠르게 빠져나갔다.

또한 두 손으로 휘둘렀던 도를 한 손으로 사용하게 되자 위력과 속도가 현저하게 떨어졌다.

"아아……."

그녀는 무시무시하게 쏟아지는 도의 소나기 속에서 갈팡질팡하면서 어쩔 줄을 몰라 했다.

그때 그녀는 생전 처음 자신이 죽을 수도 있다는 생각을 하게 되었다.

그동안 진원분타 창룡당 휘하의 조원으로서 여러 임무를 치렀으나 지금처럼 위급한 상황에 처했던 적은 없었다.

평소에 겁없이 날뛰던 그녀는 자신이 단독으로 남랑곡에서 묘족 여자들을 구하려고 했던 일이 얼마나 무모한 행동이었는지를 절실히 깨달았다.

더구나 이 일에 낭랑까지 끼어들게 한 일이 너무나 후회스러웠다.

세상에는 펄펄 끓는 혈기만으로는 안 되는 일이 있으며, 깊은 생각 없이 즉흥적으로 행동을 하게 되면 그 대가가 뼈아프다는 사실을 깨닫게 된 순간에 주소영은 죽음을 맞이하게 되었다.

그녀는 지금 낭랑이 자신을 도와주는 것은 바라지도 않는다. 그녀도 자기 한 몸 지키기 어려운 상황이다.

다만 그녀를 이 무모한 일에 끌어들여서 죽게 만들어 미안할 따름이었다.

주소영은 자신에게 드리워져 있는 짙은 죽음의 그림자를 여실히 느꼈다.

그녀는 죽기 전에 낭랑에게 꼭 하고 싶은 말이 있었다. 그래서 그녀를 쳐다보며 절박하게 외쳤다.

"언니! 미안해!"

저승에 가서 낭랑을 만나면 혼이 돼서라도 은혜와 빚을 갚을 생각이다.

하지만 낭랑의 생각은 다르다. 지금이 벼랑 끝에 몰린 절박한 상황이기는 하지만, 이 정도로 포기하고 싶지는 않았다.

아직 해야 할 일이 많고, 이렇게 젊디젊은 나이에 죽는다는 것은 너무 억울하다.

더구나 그녀는 한(恨)이 많다. 그것들 중에 하나도 풀지 못했거늘, 죽어야 한다는 것은 말도 안 된다.

어떻게든 끝까지 발악을 하다가 무슨 수를 써서라도 탈출할 생각이다.

단지 좀 더 조심을 해서 산적들에게 발각되지 않았더라면, 하는 작은 후회가 있을 뿐이다.

"소영아! 암기를 써라!"

주소영이 품속에 여러 종류의 암기를 지니고 있다는 사실을 알고 있는 낭랑이 급히 외쳤다.

퍼뜩 정신을 차린 주소영은 쥐고 있던 도를 버리고 재빨리 품속에 두 손을 넣었다가 빼면서 세차게 뿌렸다.

파아아—!

"윽!"

"헉!"

순간 네 종류의 암기 십여 개가 파도처럼 쏟아져 나가 세 명에게 적중됐다.

경황 중에 급히 발출한 암기라서 적중률이 떨어졌다. 그래서 세 명밖에 맞지 않았으며, 그나마도 어깨나 옆구리, 다리에 맞아 치명상을 입히는 데 실패했다.

암기라는 것은 너무 작기 때문에 급소에 정확하게 적중시키지 못하면 효과를 거둘 수가 없다.

하지만 암기에 맞은 세 명이 비틀거리면서 물러나고 다른 자들은 움찔 몸을 사리는 바람에 주소영은 절체절명의 위기를 잠시 모면할 수가 있었다.

주소영은 재빨리 품속에서 암기를 꺼내 양손에 쥐고 이번에는 낭랑과 싸우고 있는 산적들에게 힘껏 뿌렸다.

산적들 네 명이 적중되어 비틀거리면서 물러나자 낭랑은 한시름을 돌렸다.

그러나 그것도 잠시뿐이었다. 남랑곡주가 신호를 보내자 이번에는 이십 명의 산적이 우르르 몰려나와 낭랑과 주소영을 포위해 버렸다.

그럴 리는 없겠지만, 만약 그녀들이 이십여 명의 산적을 물리치고 나면 다음에는 사십 명이 달려들 것이다.

고로 그녀들은 절대 이곳에서 살아서 빠져나갈 수 없을 것이라는 얘기다.

주소영이 암기를 발출하여 약간의 여유가 생겼을 때 그녀들이 얻은 최소한의 이득은 떨어져 있다가 겨우 원래대로 등을 지는 자세로 모일 수 있게 되었다는 것뿐이다.

"소영아……."

주소영은 아랫배를 움켜잡은 상태에서 금방이라도 쓰러질 듯 비틀거렸다. 그녀의 손가락 사이로 새빨간 피가 뭉클뭉클 흘러나오고 있었다.

낭랑은 왼팔로 그녀의 허리를 안아 부축하고 오른손으로 도를 휘둘렀다.

하지만 낭랑 혼자서 이십여 명을 상대할 수는 없는 노릇이다. 그녀는 곧 제압될 것처럼 위태로운 상황이 되었다.

남랑곡주는 그녀들이 아무리 상처투성이가 되어도 상관이 없다는 생각이다.

그녀들이 숨만 붙어 있으면 욕심을 채운 후에 죽여 버릴 생각이기 때문이다.

"언니⋯⋯."

주소영은 낭랑에게 안긴 채 점차 의식을 잃어가면서 안타깝게 중얼거렸다.

'이렇게 죽을 수는 없어⋯ 절대로!'

낭랑은 입술이 터지도록 힘껏 깨문 채 미친 듯이 도를 휘둘렀으나 소용이 없었다. 이제 그녀들이 난도질당해서 제압되는 것은 시간문제다.

그때 오른쪽 궁둥이 바로 아래 허벅지와 옆구리가 동시에 뜨끔했다.

찔리거나 베였다. 하지만 상처를 살펴볼 겨를이 없다. 천근만근 무거운 도를 휘두르지 않으면 그녀는 물론이고 주소영의 목숨은 그 순간 끝장이다.

진검룡은 한 번 도약으로 바깥 포위망을 가볍게 훌쩍 뛰어넘은 후에 곧장 낭랑과 주소영을 공격하고 있는 산적들을 향해 내리꽂히면서 어깨의 장검을 뽑았다.

창!

한 소리 맑은 검명(劍鳴)이 밤하늘에 울려 퍼지자 산적들이 놀라서 급히 고개를 들었다.

그 순간 진검룡은 한 마리 독수리처럼 내리꽂히면서 수중의 검을 떨쳤다.

파파파아아—

진검룡이 내리꽂히는 주위로 무수한 검화(劍花)가 아름답게 피어나는가 싶더니 산적 다섯 명이 한꺼번에 우르르 거꾸러졌다.

그들은 어떤 자들은 목에, 그리고 또 어떤 자들은 미간에 엄지손톱만 한 구멍이 뚫렸으며 한 방울의 피가 툭 뿜어지면서 즉사했다.

진검룡의 검이 그들의 목과 미간을 육안으로는 보이지 않는 속도로 살짝살짝 찌른 것이다.

낭랑은 가장 근접한 거리에서 자신을 맹공격하던 산적들 다섯 명이 풀썩풀썩 쓰러지는 광경을 보았다.

하지만 무슨 상황인지 판단이 되지 않았다. 자신의 도에 맞지 않은 것은 분명했다.

파파아아—!

"큭!"

"캑!"

그때 방금 전에 들렸던 파공음이 또다시 허공을 울리는 것과 동시에 낭랑 주위의 산적 다섯 명이 우르르 앞다투어 쓰러졌다.

낭랑은 눈을 커다랗게 뜨고 그 광경을 바라보았다. 너무 놀라서 도를 휘두르는 것조차 잊어버렸다.

슷—

바로 그때 그녀는 자신의 앞에 한 사람이 우뚝 서 있는 것을 발견했다. 마치 처음부터 그 사람이 그곳에 서 있었던 것 같은 모습이다.

그녀는 화들짝 놀라서 반사적으로 그 사람을 향해 도를 휘둘렀다.

그 순간 앞에 서 있는 사람이 슬쩍 뒤돌아보면서 아무렇지도 않게 손을 뻗어서 낭랑의 도를 쥔 손목을 가볍게 잡았다.

"주소영을 돌봐라."

"……!"

낭랑은 눈을 커다랗게 뜨고 그 사람의 얼굴을 올려다보았다.

그 사람의 얼굴이 낯익은 진검룡이라는 사실을 확인하는 순간 눈물이 왈칵 솟구쳤다.

진검룡은 다시 앞을 쳐다보고 검을 떨치고 있었지만 낭랑의 망막에는 그의 잔상이 너무도 또렷하게 새겨졌다.

진검룡은 단 세 차례 검을 휘둘러서 열다섯 명의 산적을 주살했다.

한 번 검을 휘두를 때마다 정확하게 다섯 명을 거꾸러뜨린 것이다.

산적들은 더 이상 덤벼들지 못하고 주춤주춤 뒤로 물러서기 바빴다.

동료들이 눈 깜빡할 사이에 열다섯 명이나 죽는 것을 눈앞에서 목격하고서도 겁을 먹지 않는다면 정상이 아니다.

느긋하게 앉아서 싸움을 감상하던 남랑곡주는 안색이 급변하여 벌떡 일어서면서 외쳤다.

"뭣들 하느냐! 어서 저놈을 죽여라!"

그런데도 산적들은 쉽사리 공격하지 못했다. 뜨거운 물에 데어본 아이가 뜨거운 물에 손을 집어넣지 않으려는 것과 다를 바가 없다.

"소영아, 조장이 왔어. 이제는 괜찮아."

낭랑은 주소영을 땅에 눕히면서 말했다. 기쁨과 감동으로 목이 메고 목소리가 마구 떨렸다.

주소영은 핏기없는 창백한 얼굴로 두리번거렸다.

"조장… 그 나쁜… 자식이 왔다고……?"

조장이라고 하면 자신의 바지에 오줌을 싸게 만든 기억부터 먼저 나는 주소영이다.

"그래, 그 자식이 왔다."

낭랑도 진검룡이 자신을 산속의 나무에 꽁꽁 묶어놓은 기억이 떠올랐으나 그런 것쯤은 다 용서할 수가 있었다.

아니, 그보다 더한 짓을 했더라도 지금은 무조건 다 용서할 수 있을 것 같았다.

그녀는 주소영의 상처를 살펴보려고 했으나 쏟아지는 눈물이 앞을 가려서 아무것도 보이지 않았다. 손등으로 눈물을 닦는데도 자꾸만 눈물이 흘러넘쳤다.

그녀의 기억으로는 이렇게 울어본 적이 없었다. 그녀는 독종이라서 슬픔이나 고통에는 강하지만 마음이 여려서 기쁘고 감동적인 일에는 약하다.

그러다가 문득 낭랑은 방금 전에 자신이 진검룡 혼자만 보고 다른 조원들 모습은 보지 못했다는 기억이 떠올랐다.

그녀는 번쩍 고개를 들면서 손등으로 눈물을 닦았다.

"……."

그리고는 놀라서 눈을 커다랗게 떴다. 아무리 주위를 두리번거려도 진검룡 혼자 우뚝 서 있는 뒷모습만 보일 뿐 다른 조원들은 보이지 않았다.

그 순간 기쁨과 감동이 씻은 듯이 사라졌다. 아니, 증발해 버렸다. 그 대신 잠시 잊고 있던 절망이 엄습했다.

만약 조금 전에 진검룡이 단 삼 초식에 산적 십오 명을 주살하는 광경을 제대로 보았더라면 절망 따위는 하지 않을 것이다.

낭랑은 급히 땅에 떨어져 있는 도를 찾아서 집어들고는 몸을 일으켰다. 자기 혼자라도 진검룡을 도와야겠다고 생각한 것이다.

그런데 한 번 주저앉았다가 일어서려니까 여의치가 않

았다.

어떻게 된 일인지 다리가 후들후들 마구 떨리더니 끝내 다시 주저앉고 말았다.

그제야 그녀는 몸 여기저기에서 통증이 느껴졌다. 오른쪽 둔부 바로 아래 허벅지와 옆구리, 등과 어깨에서 동시다발적으로 격렬한 통증이 전해졌다.

'이래서는 안 돼.'

그녀는 입술을 힘껏 깨물고 다시 일어서기를 시도했다.

그런데 그 순간 산적들이 사방에서 파도처럼 몰려오기 시작했다.

겁을 집어먹은 산적들에게 남랑곡주가 적은 한 명뿐이니까 다수의 힘으로 쓸어버리라고 명령한 것이 먹혀들었다.

낭랑은 자신들이 이곳에서 최후를 맞이하게 될 것이라고 생각했다.

문득 그녀의 시선이 진검룡의 뒷모습에 멈추었다.

오른손에 쥐고 있는 검을 비스듬히 땅을 향해 뻗고 있는 그는 마치 거대한 산 같은 모습이었다.

그의 모습을 보고 있자니 파도가 아니라 해일이 밀려와도 미동조차 하지 않을 것만 같았다.

도대체 어떻게 해서 뼈와 살로 이루어진 사람을 보면서 그런 느낌이 드는 것인지 모를 일이다. 하지만 낭랑은 분명히 그렇게 느꼈다.

'터무니없는 착각을……'

하지만 곧 낭랑의 입가에 쓰디쓴 실소가 떠올랐다. 진검룡이 아무리 거대한 산처럼 보인다고 해도 이백여 명에 가까운 산적들을 이겨낼 리가 없다.

주소영은 이미 혼절해서 아무것도 모르고 있다. 만에 하나 이곳에서 살아난다고 해도 진검룡이 왔었다는 사실을 기억이나 할는지 모를 일이다.

바로 그때 사방에서 산적들이 들이닥쳤다. 도와 창, 도끼, 쇠갈퀴 등 갖가지 무기들이 달빛에 번뜩이면서 진검룡 한 사람에게 쏟아졌다.

일어서려고 두 다리를 바들바들 떨고 있던 낭랑의 눈에 진검룡이 느릿하게 검을 들어 올리는 모습이 보였다.

그리고 그녀는 죽을 때까지 잊지 못할 바로 그 광경을 보게 되었다.

쐐액!

진검룡의 검이 허공을 갈랐다.

다음 순간 전방에서 무기를 휘두르며 전력으로 돌진해 오던 산적 일곱 명이 마치 보이지 않는 벽에 부딪친 것처럼 그 자리에 뚝 멈췄다.

그리고 그들 중에 네 명은 미간에, 그리고 세 명은 목 한복판에서 딱 한 방울의 피가 튀어나왔다.

그들의 몸이 기우뚱하기도 전에 진검룡의 검이 이번에는

우측으로 흘렀다.

쐐애애—!

마치 한 마리 금빛 잉어가 거친 급류를 거슬러 오를 때 비늘이 반짝이듯이, 그의 검은 넉 자 짧은 거리를 수평으로 그어대는 동안에 번쩍번쩍 검광을 발하면서 여섯 차례 변화를 일으켰다.

그리고 여섯 명이 각각 미간과 목 한복판에서 한 방울의 피를 짜내고, 그 핏방울이 아직 허공에 머물러 있는 동안 숨이 끊어졌다.

그때까지도 처음에 당한 일곱 명은 쓰러지지 않은 상태였다.

진검룡은 이번에는 뒤쪽을 공격했다. 오합지졸 산적들을 상대로는 강적을 상대로 사용하는 수준 높은 검초식을 전개할 필요조차도 없다. 그저 검 가는 대로 빠르게 휘두르기만 하면 된다.

단 한 호흡이 지났을 때 진검룡은 전후좌우에 네 차례 검을 휘둘렀으며, 그것만으로 이십육 명의 산적들이 황천길로 떠났다.

산적들이 진검룡은 물론이고 낭랑이나 주소영의 머리카락 한 올 건드리지 못한 것은 당연하다.

진검룡은 낭랑의 바로 앞에 우뚝 선 채 반 발자국도 움직이지 않았다. 뒤를 공격할 때에는 상체를 비트는 것만으로도 충분했다.

이 순간 낭랑의 눈은 커다랗게 떠졌고 입은 반쯤 벌어져 있었다. 그리고 얼굴에는 귀신이라도 본 듯한 표정이 떠올라 있었다.

그녀는 자신의 눈앞에서 벌어지고 있는 광경을 두 눈으로 똑똑히 보고 있으면서 도저히 믿어지지가 않았다.

그 상태가 약간 지속되다가 잠시 후에는 눈으로 보고 있는 광경이 조금 믿어지기 시작했으나 이번에는 그런 신적(神的)인 무공을 펼치는 사람이 진검룡이라는 사실이 믿어지지 않았다.

그녀의 눈에 보이는 것은 그저 번뜩이는 검광이나 허공에 현란하게 무수히 피어나는 검화, 산적들이 한 방울씩 뿜어내는 핏방울뿐이었다. 그리고 뒤를 잇는 답답한 단말마의 신음 소리가 들렸다.

그녀는 진검룡을 바라보았다. 그는 두 발에 뿌리가 내린 듯 제자리에서 꼼짝도 하지 않은 채 공격해 오는 산적들을 향해 검을 떨치고 있을 뿐이다.

세 호흡쯤 지났을 때 그녀는 진검룡이 차츰 신처럼 보이기 시작했다.

조금 전까지만 해도 그녀와 주소영이 이 자식 저 자식 함부로 칭하던 조장이 아니라 인간의 생사를 좌우하는 절대자로 여겨졌다.

그때 진검룡의 검이 뚝 멈췄다. 더 이상 공격해 오는 산적들이 없었기 때문이다.

그의 주위에는 오십여 구의 산적들 시체가 어지럽게 나뒹굴어 있었다.

그것은 다섯 호흡 만에 일어난 결과다. 그리고 시체들은 한결같이 미간이나 목 한복판에 손톱 크기의 구멍이 뚫린 모습이다.

산적들은 공포에 질리거나 불신의 표정을 얼굴 가득 떠올린 채 진검룡을 쳐다보았다.

그들의 눈에는 진검룡이 절대 인간으로 보이지 않았다. 단지 염마왕으로 보일 뿐이었다.

산적들이 공격해 가는 기세를 더 빨리 멈췄더라면 이렇게 많이 죽지 않았을 것이다.

한꺼번에 이백여 명이 전력을 다해서 밀려가다 보니까 갑자기 멈출 수가 없었다.

그리고 설사 멈춘다고 해도 앞에서 벌어지는 상황을 모르는 뒤쪽의 산적들이 우격다짐으로 밀어붙이는 바람에 쓰러져서 밟히지 않으려면 앞으로 나아갈 수밖에 없었다.

진검룡은 일단 손을 쓴 이상 남랑곡의 산적들을 모두 죽이기로 결정했다.

살려두면 주변의 소수민족들을 계속 괴롭힐 테고, 납치한 묘족 여자들이 구출된 것을 알게 되면 서릉묘족에게 잔인한 보복을 하려 들 것이다.

그리고 진검룡이 이 정도에서 검을 거두면 살아남은 산적들에 의해서 오늘의 일이 걷잡을 수 없는 소문으로 퍼져 나가게 된다.

진검룡은 자신이 사람들에게 단지 진원분타의 조장에 걸맞은 신분과 실력으로 평가되기를 원하고 있었다.

자꾸만 일이 꼬여서 조금씩 실력을 발휘하게 된 것이 영 마뜩찮았으나 지금으로선 어쩔 수가 없는 일이었다.

산적들은 시간이 지날수록 더욱 공포에 질린 표정을 지으면서 주춤주춤 물러나고 있었다.

남랑곡주는 더 이상 수하들에게 진검룡을 공격하라고 명령하지 못했다.

그는 높은 곳에 서 있었기 때문에 진검룡이 수하들을 죽이는, 아니, 도륙하는 광경을 똑똑하게 목격했다.

자신의 두 눈으로 그 참혹한 광경을 보고는 도저히 공격 명령을 내릴 수가 없었다.

공격하라고 해도 수하들이 따라주지도 않을뿐더러, 설혹 그렇다고 해도 덤비면 덤비는 족족 모조리 도륙당할 것이 분명하기 때문이다.

그런데 진검룡이 갑자기 검을 어깨의 검실에 꽂더니 양팔로 낭랑과 주소영을 가볍게 안아 들었다.

이어서 신형을 번쩍 허공으로 뽑아 올려 골짜기 입구로 쏘아가서 잠시 후에 사라져 버렸다.

남랑곡 산채의 널따란 광장에는 을씨년스러운 죽음의 기운이 넘실거렸다.

남랑곡주나 산적들은 방금 전에 일어난 일이 현실처럼 여겨지지 않았다.

하지만 땅바닥에는 많은 시체들이 나뒹굴어 있어서 그것이 현실이었음을 증명하고 있었다.

남랑곡주는 진검룡이 갑자기 가버린 것을 보고는 지옥에서 살아 나온 기분이 들었다.

그 자신도 모르는 사이에 온몸이 식은땀으로 축축하게 젖었을 정도로 긴장하고 겁을 먹었다.

남랑곡주는 진검룡이 다시는 돌아오지 말기를 간절하게 빌었다. 그는 태어나서 지금까지 이렇게 간절히 무엇인가를 빌어보기는 처음이었다.

진검룡은 구름다리를 건너 숲 속의 안전한 곳에 이르러 두 여자를 바닥에 내려놓았다.

이어서 그녀들의 상처를 지혈하자 즉시 피가 멈췄다.

낭랑은 여전히 경악하는 표정으로 진검룡의 얼굴에서 시선을 떼지 못했다.

진검룡이 일어서며 짧게 말했다.

"기다려라."

그러자 낭랑은 불에 덴 듯 깜짝 놀랐다.

"어딜 가는 거예요?"

원래 그녀는 진검룡에게 반말을 찍찍 했었는데 지금은 자신도 모르게 존대가 나왔다.

그러나 진검룡은 대답하지 않고 눈 깜짝할 사이에 낭랑의 시야에서 사라져 버렸다.

낭랑은 그 자리에 오도카니 앉은 채 그가 사라진 방향을 뚫어지게 주시했다.

이곳은 숲 가운데의 바위와 나무, 넝쿨로 뒤덮인 천연의 은신처라서 그녀가 볼 수 있는 거리는 반 장이 전부다.

그런데도 그녀는 시선을 거두지 않고 그때부터 진검룡이 돌아오기만을 기다렸다.

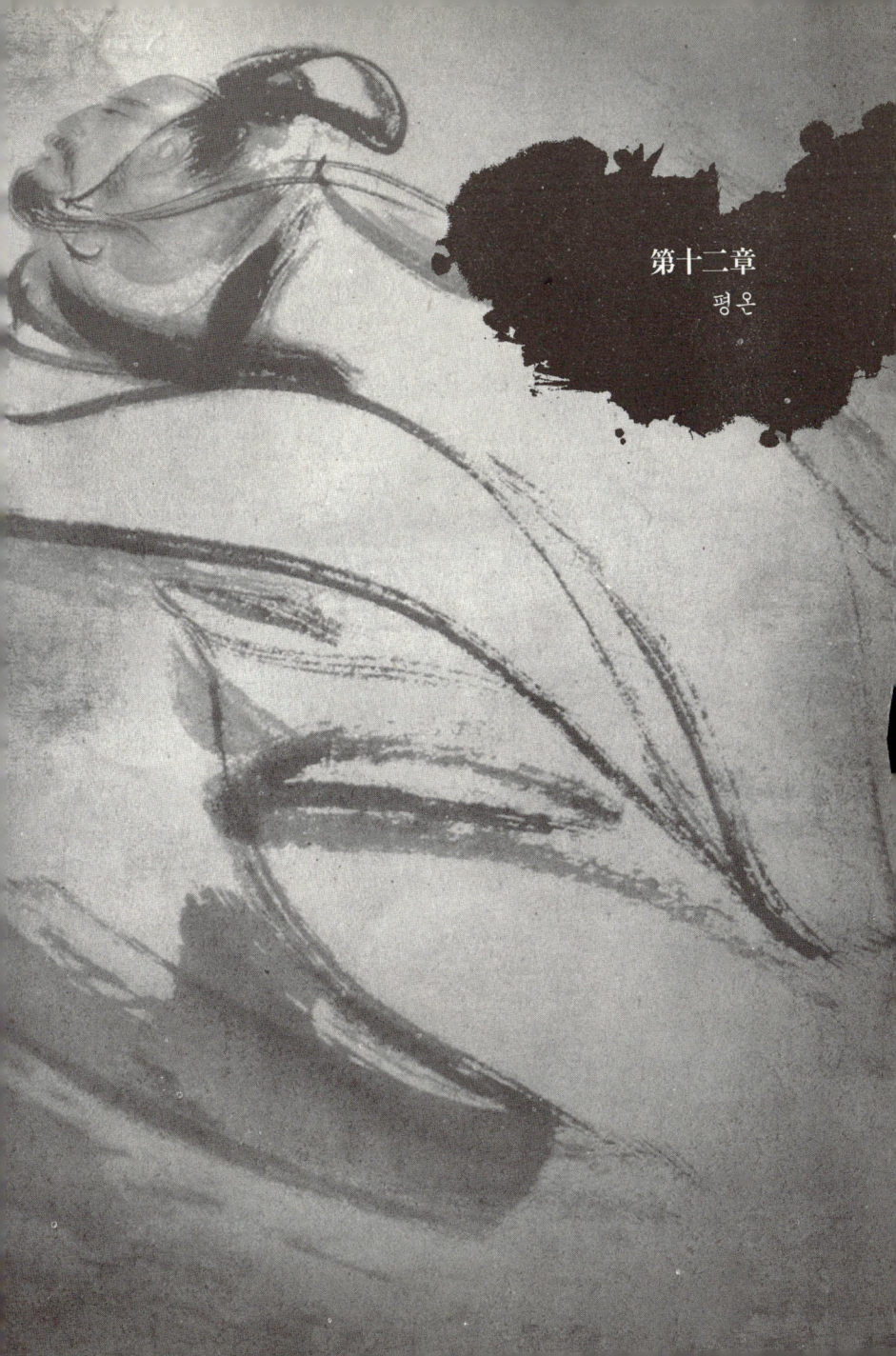

第十二章
평온

大中原

진검룡이 다시 돌아온 것은 그로부터 반 시진 후다.

그는 숨소리조차 흐트러지지 않았으며, 방갓 아래로 드러난 얼굴은 언제나처럼 무표정했다.

하지만 낭랑은 그에게서 짙은 피 냄새를 맡을 수 있었다.

그래서 그가 남랑곡에 가서 남은 산적들을 모조리 죽이고 돌아왔다는 사실을 깨달았다.

아까 그가 보여준 실력 정도라면 남랑곡의 산적이 설사 천 명이 된다고 해도 전멸시키는 것은 그다지 어려운 일이 아닐 터이다.

'맙소사… 혼자서 남랑곡 이백여 명 산적들을 모조리 죽이

다니, 대체 이 사람은…….'

산적들이 진검룡을 인간으로 여기지 않았던 것처럼, 낭랑의 눈에도 그가 인간으로 보이지 않았다.

"아…….."

그런데 낭랑은 갑자기 가느다란 신음 소리를 내면서 상체가 뒤로 스르르 넘어갔다. 진검룡이 돌아온 것을 확인하고는 긴장이 풀려 버린 것이다.

"누워라."

진검룡은 낭랑에게 그렇게 말하고는 혼절한 채 누워 있는 주소영의 상처를 살피기 시작했다.

아까 반 시진 전에 그녀의 상처를 지혈했을 때 그녀의 목숨이 위태롭다고 판단했었다면 남랑곡에 가는 것을 미루었을 것이다.

그녀를 구하는 것이 먼저이기 때문이다. 하지만 진검룡이 봤을 때 그 정도로 위험하지는 않았다.

어쨌든 낭랑보다는 주소영이 좀 더 위중한 상태라서 그녀부터 살폈다.

주소영은 몸 여기저기 다섯 군데에 상처를 입었으나 아랫배 상처가 제일 깊고 위험했다. 언뜻 보기에도 출혈이 심하고 내장을 다친 것 같았다.

진검룡은 주소영의 상의 앞섶을 풀어서 활짝 펼치고 바지를 무릎까지 벗겨 내렸다.

그러자 티 한 점 없이 뽀얀 속살이 고스란히 드러났다.

옷을 입고 있을 때에는 보통의 체구인 듯 보였는데, 벗겨놓으니까 조금 마른 체구였다.

그래도 가슴은 제법 풍만했다. 아기 손바닥만 한 젖가리개 밖으로 뽀얗고 풍만한 젖무덤이 솟아 있었다.

낭랑은 그가 거침없이 주소영의 옷을 벗기는 것을 보고는 고통스러운 중에도 자못 긴장했다.

주소영의 깊은 상처는 아랫배지만, 낭랑은 둔부 바로 아래 허벅지와 옆구리다.

옆구리는 괜찮지만 둔부 쪽 허벅지를 치료하려면 엎드린 자세를 취해야 하고, 바지를 내리는 것뿐만 아니라 속곳마저도 벗어야 한다.

그러지 않고는 치료 자체가 이루어지지 않는다. 그럴 경우에는 항문과 옥문을 보일 수밖에 없다.

그것 때문에 낭랑은 고통스러운 중에도 적이 초조해졌다.

진검룡이 누워 있으라고 했으나 낭랑은 살며시 상체를 일으켜 근처 나무에 기대고 그가 주소영을 치료하는 모습을 지켜보았다.

슥—

그때 진검룡은 턱에 묶어놓은 끈을 풀어서 방갓을 벗더니 옆에 내려놓고 치료를 계속했다.

일어나 앉는 바람에 극심한 통증을 느끼면서 인상을 쓰고 있던 낭랑은 진검룡의 얼굴을 보는 순간 흠칫 놀라는 표정을 지었다.

"......!"

낭랑이 진검룡을 만난 이후 그는 줄곧 방갓을 깊숙이 눌러 쓰고 있어서 아무리 자세히 본다고 해도 방갓 아래로 드러난 턱과 입 주변밖에는 볼 수가 없었다.

그런데 지금 그의 얼굴 전체를 이처럼 가까운 거리에서 처음 보게 되자 낭랑은 아연 놀라면서도 바짝 긴장했다.

단언하건대 그녀는 이처럼 강인한 외모를 지닌 사내를 지금까지 한 번도 본 적이 없었다.

그의 눈은 참으로 깊은 눈이다. 그러면서도 강렬함이 감추어져 있다.

다시 말하면 눈빛이 너무 강해서 그것을 애써 감추려고 하는 것 같았다.

그리고 그 눈 속 깊은 곳에는 알 수 없는 슬픔이 깃들어 있는 듯했다.

먹물을 듬뿍 찍은 듯한 짙고 새카만 눈썹과 단아한 이마.

그리고 약간 돌출된 광대뼈와 움푹 파여진 뺨. 바로 그것이 그를 더없이 강인하게 보이도록 해주었다.

강파른 인상의 광대뼈와 뺨에서 풍기는 분위기만으로도 그는 결코 평범한 인물이 아니었다.

크고 우뚝 솟은 코와 두툼하면서 붉은 꾹 다물어진 입술.

양쪽 턱에까지 짙고 수북하게 기른 구레나룻.

그리고 더 이상 강인할 수 없는 느낌을 풍기는 단단한 턱.

낭랑이 진검룡의 얼굴을 보는 순간에 받은 첫 느낌은 번개[電]나 벼락[雷] 같은 것이다.

즉, 극강의 패도(覇道)다.

그러나 진검룡은 낭랑의 시선을 못 느끼는지 주소영의 상처를 뚫어지게 주시하고 있을 뿐이었다.

그때 진검룡이 주소영의 속곳을 아래로 끌어 내렸다.

툭.

속곳의 끈을 풀어야 하는데 그냥 끌어 내리는 바람에 끈이 끊어졌다.

그러자 검고 짙으며 윤기가 흐르는 거웃이 드러났다.

낭랑은 숨을 멈추고 진검룡의 얼굴을 바라보았다. 그는 눈도 깜빡이지 않고 상처를 유심히 살필 뿐이지 어떠한 표정도 떠올라 있지 않았다. 즉, 그의 관심사는 오로지 치료뿐이라는 뜻이었다.

낭랑은 주소영의 아랫배 상처로 시선을 옮겼다. 상처는 배꼽 두 치 아래에서 시작되어 거웃이 있는 부위까지 세로로 비스듬히 나 있었다.

그런데 쩍 갈라져서 많이 벌어진 상태다. 일견하기에도 매우 깊은 상처가 분명했다.

슥—

그때 진검룡이 낭랑을 쳐다보았다.

'흑!'

단지 쳐다본 것뿐인데 낭랑은 심장이 얼어버리는 듯한 충격을 받았다.

문득 진검룡의 붉은 입술이 살짝 열리면서 높낮이 없는 건조한 목소리가 흘러나왔다.

"남랑곡의 일은 누구에게도 발설하지 마라."

낭랑은 진검룡의 눈빛에 자신의 온몸이 굳어버린 것에 대한 묘한 반발을 느꼈다.

"발설하겠다면?"

남랑곡에서 진검룡이 산적들을 도륙할 때에는 자신도 모르게 존대를 했으나 지금은 다시 반말로 돌아갔다.

더구나 반항까지 하고 있다. 사실 그가 발설하지 말라고 하면 발설할 생각이 추호도 없었다.

그런데도 그녀는 그의 극강한 패도에 자신이 굴복하는 듯한 기분이 드는 것이 싫어서 알 수 없는 뒤틀린 반항을 하고 있는 것이다.

그러면서도 자신의 대답에 대해서 진검룡이 어떤 반응을 보일 것인지 아주 조금쯤 궁금하기도 했다. 여자란 실로 묘한 동물이다.

그러나 진검룡은 아무 말도 하지 않았다. 단지 무표정하게 낭랑을 응시할 뿐이다.

순간 낭랑은 느꼈다, 진검룡이 자신과 주소영을 죽일 것이라는 사실을.

그것이 바로 낭랑이 '발설하겠다면?'이라고 반항한 것에 대한 진검룡의 대답인 것이다.

오싹!

남랑곡의 산적들이 느꼈을 그런 공포가 갑자기 그녀의 온몸과 온 정신을 휩쓸었다.

"아, 알았어. 아무에게도 말하지 않을게."

그녀는 자신의 얼굴이 사색이 됐다는 사실도 모른 채 급히 대답했다.

그러면서도 끝까지 굴종이 싫어서 반말을 하는 것을 잊지 않았다.

낭랑은 진검룡에게 이유없이 반발했던 것을 후회했다. 그러지 말았어야 했다.

하지만 그런 생각을 하면서도 그에게 묘한 반발심이 생기는 것을 어쩌지 못했다.

그것은 진검룡 때문이 아니라 언제부턴가 형성된 그녀의 뒤틀린 성격 때문이었다.

진검룡의 말은 끝나지 않았다.

"지금부터 보게 되는 것도 잊어라."

"뭘 보는데?"

방금 전에 반발한 것을 후회해 놓고 낭랑은 또 반발했다.

그녀가 품고 있는 진검룡에 대한 공포는 그녀 자신의 뒤틀린 성격을 이기지 못했다.

그러나 역시 진검룡은 묵묵히 그녀를 주시할 뿐이었다.

"알았어. 뭘 보든지 깡그리 다 잊을게."

결국 그녀는 대답할 수밖에 없었다. 하지만 조금 전보다는 굴욕감이 덜했다.

그런데 굴욕감이고 나발이고 한꺼번에 날려 버릴 만한 일이 발생했다.

진검룡의 오른손이 갑자기 은은한 금빛으로 물드는 것을 발견했기 때문이다.

'내… 공!'

그녀는 내공에 대해서 알고 있었다. 그녀도 십 년 남짓한 내공을 지니고 있기 때문이다.

몇 년 전, 사문을 떠나기 전까지는 그녀도 정파의 정심한 내공과 무공을 익혔었다.

그녀가 놀라고 있는 사이에 진검룡의 오른손이 손목까지 눈부신 금빛으로 물들었다.

내공을 끌어올려서 손을 금빛으로 물들게 하다니, 그녀의 사부도 저 정도로 높은 수준은 아니었다.

그리고 그녀도 저것이 도대체 얼마 정도의 내공인지 알지 못한다. 다만 진검룡의 내공이 매우 높을 것이라고 짐작만 할 뿐이다.

그녀가 놀라고 있는 사이에 진검룡의 금빛 손바닥이 주소영의 아랫배 상처를 덮었다.

낭랑이 얼굴 가득 대경실색한 표정을 떠올린 채 쳐다보니 주소영의 배와 옥문, 허벅지까지 금빛으로 물들었다.

그리고는 진검룡의 손바닥이 밀착된 부위에서 안개 같은 뿌연 금무(金霧)가 피어났다.

지금 낭랑이 짐작할 수 있는 것은 하나뿐이다. 진검룡이 금빛 금무로 주소영을 치료하고 있다는 사실이었다.

그 외에는 아무것도 모른다. 아니, 짐작조차도 할 수가 없다. 이런 치료법이 존재한다는 사실조차도 들어본 적이 없기 때문이다.

낭랑이 쳐다보자 진검룡은 자신의 손바닥을 뚫어지게 주시하고 있으며 표정은 더할 수 없이 진지했다.

그의 손은 너무 커서 위로는 주소영의 배꼽까지, 아래로는 허벅지까지 완전히 덮어버렸다.

그는 폭풍이 몰아쳐도 추호도 흔들림이 없을 듯한 모습이며, 또한 추호도 사심이 없는 표정이다.

슥—

그렇게 일각이 흐른 후 진검룡은 이윽고 주소영의 아랫배에서 손을 뗐다.

낭랑은 눈도 깜빡이지 않고 주소영의 아랫배를 쳐다보다가 소스라치게 놀라고 말았다.

"아……."

치료하기 전에는 길게 쩍 벌어져 있던 상처가 지금은 봉합된 상태에서 반 뼘 남짓 길이의 흉터만 남아 있을 뿐이다.

낭랑은 급히 주소영의 얼굴을 쳐다보았다. 아까까지만 해도 창백했던 그녀의 안색이 지금은 발그레 혈색이 돌고 숨소리도 안정되었다.

"아아… 도대체……."

믿어지지 않는 광경을 바라보고 있는 낭랑의 입에서 탄식이 흘러나왔다.

공력을 거둔 진검룡의 손은 원래대로 돌아온 상태다.

그는 조금도 힘든 표정을 짓지 않고 허리를 펴더니 낭랑을 쳐다보았다.

낭랑은 순간적으로 이번에는 자신의 차례라고 직감했다. 그런데 어떻게 해야 할지 갈피를 잡을 수가 없다.

차라리 주소영처럼 혼절이라도 해버렸으면 아무것도 모르는 상태에서 치료가 이루어질 텐데, 이제는 영락없이 두 눈 뻔히 뜨고 말짱한 정신으로 치부를 드러낼 수밖에 없게 생겼다.

문득 진검룡의 시선이 낭랑의 얼굴에서 그녀의 하체, 아니, 그녀가 앉아 있는 풀 위로 향했다.

낭랑은 부지중 아래를 굽어보다가 움찔 놀랐다. 자신의 하체가 피범벅이었다.

아까 진검룡이 혈맥을 눌러서 지혈을 했으나 시간이 지나 자연히 혈도가 풀려 허벅지 상처에서 피가 쏟아지고 있는 것이었다.

진검룡은 그녀를 보면서 치료를 하자 말자 아무런 말도 하지 않고 있다.

그러더니 결국 잠시 후에는 그녀에게서 시선을 거두고 상체를 굽혀 주소영을 안으려고 했다.

그는 낭랑이 치료할 의사가 없다고 판단하여 그녀를 치료하지 않고 이대로 출발하려는 것이 분명했다.

그녀는 진검룡을 오래, 그리고 많이 겪어보지는 않았으나 그가 쓸데없이 신경전을 벌일 사람은 아니라는 사실 정도는 알 수 있었다.

그가 마침내 주소영을 안고 일어서자 낭랑은 다급히, 그리고 뾰족하게 외쳤다.

"어서 나도 치료해 줘!"

이대로 피를 철철 흘리면서 죽을 수는 없는 노릇이다.

진검룡은 주소영을 안고 우뚝 선 채 무표정하게 낭랑을 굽어보았다.

낭랑의 마음은 더할 수 없이 초조했다. 진검룡이 치료해 주지 않을 수도 있다는 생각이 들었다.

설사 그렇다고 해도 진검룡은 눈 하나 까딱하지 않을 사람이다.

그녀는 진검룡 덕분에 저승 문턱에서 간신히 살아났으면
서도 지금의 이런 상황 때문에 조금도 고맙다는 생각이 들지
않았다.

결국 그녀는 피가 나도록 입술을 깨물면서 모진 결심을 할
수밖에 없었다.

마침내 그녀는 바지를 홀러덩 벗고 바닥에 엎드리면서 이
갈리는 목소리를 흘렸다.

"자, 벗었어."

하기야 그녀가 용변 보던 광경이나 설사똥에 퍼질러 앉았
을 때에도 지켜봤던 진검룡이거늘 더 이상 무엇이 부끄럽고
수치스럽겠는가.

그런데도 진검룡은 선 채로 묵묵히 낭랑의 속곳에 가려져
있는 둔부만 응시하고 있다.

그걸 보면서 낭랑은 속에서 천불이 치밀었다. 진검룡이 원
하는 것이 무엇인지 깨달았기 때문이다.

획!

그녀는 결국 속곳까지 벗어 던지고 그것으로도 모자라서
둔부를 높게 쳐들며 바락바락 악을 썼다.

"자! 이제 됐지? 지져 먹든지 볶아 먹든지 니 마음대로 해
라!"

진검룡은 낭랑이 바지를 벗을 때부터 생각하던 것. 즉, 어
떤 방법으로 치료를 할 것인지에 대한 생각을 끝내고 주소영

을 조심스럽게 바닥에 내려놓았다.

낭랑은 설사똥에 퍼질러 앉았을 때와 궁둥이를 허옇게 까고 들어 올린 채 치료를 받는 것이 생판 다른 느낌이며 치욕이라는 사실을 절실히 깨달았다.

울창한 원시림의 동쪽 하늘이 부옇게 밝아오기 시작했다.

진검룡이 주소영을 업고 낭랑은 그의 뒤를 따르면서 서릉묘족으로 돌아가고 있는 중이었다.

치료를 하던 곳에서 반 시진가량 오는 동안 진검룡과 낭랑은 한마디 말도 나누지 않았다.

진검룡은 원래 말이 없는 사람이라서 그렇다 쳐도, 낭랑은 치료가 끝나고 상태가 매우 호전된 것을 알고서도 고맙다는 말조차 하지 않았다.

진검룡은 주소영에게 그랬듯이 낭랑의 둔부 아래 허벅지 상처에도 금빛 손바닥을 덮어서 치료해서 말끔하게 낫도록 해주었다.

낭랑은 자신의 상처 부위도 주소영처럼 흐릿한 흉터만 남았을 것이라고 짐작했다..

하지만 상처 부위의 특수성 때문에 눈으로 확인할 방법이 없었다.

단지 그녀의 기억에 아주 강력하게 남아 있는 것은 진검룡의 손길이 자신의 항문과 옥문에 수시로 닿았다는 사실뿐이었다. 그 기억만이 머릿속에서 뱅뱅 맴돌았다.

그녀는 진검룡의 뒤를 묵묵히 따르면서 어젯밤에 주소영을 따라나섰을 때부터 조금 전 치료가 끝났을 때까지의 일들을 곰곰이 반추하면서 생각해 보았다.

여러 가지 일들이 있었으나 결론적으로 두 가지로 압축할 수가 있었다.

진검룡이 낭랑과 주소영의 목숨을 구했다는 것.

그리고 진검룡이 도대체 누구냐는 의문이다.

아무리 생각해 봐도 진검룡은 절대로 진원현 같은 시골구석의 분타에서 조장이나 하고 있을 사람은 아니라는 결론에 도달했다.

하지만 그 결론은 해답이 아니다. 또 다른 의문일 뿐이다.

그래서 결국 낭랑은 진검룡이 뭔가 깊은 사연이 있는 사람일 것이라고 추측했다.

낭랑 자신도 얽히고설킨 사연이 있고, 그것 때문에 이곳까지 흘러들어 오지 않았는가.

그때 진검룡의 앞쪽에서 몇 사람의 모습이 나타났다.

경혼조원들이다. 장관웅이 앞서고 그 뒤를 동풍과 와평이 따르고, 뚝 떨어져서 조제가 따라오고 있었다.

"조장!"

"어이구! 조장님!"

장관웅과 와평, 동풍은 마치 죽었던 가족이 저승에서 다시 살아서 돌아오기라도 한 듯 반갑게 외치면서 달려왔다.

와평은 끝까지 함구하려고 했으나 장관웅과 동풍이 조장이 어디에 갔느냐고 하도 캐묻고 닦달하는 바람에 실토를 할수밖에 없었다.

그래서 경혼조원 모두 진검룡을 찾으러 남랑곡으로 가다가 이곳에서 만난 것이다.

사실 그들은 진검룡이 낭랑과 주소영을 찾아올 것이라고는 크게 기대하지 않았었다.

그런데 막상 그가 주소영을 업고 낭랑이 뒤따라오는 것을 발견하고는 크게 놀라면서도 기뻐했다.

비록 같은 경혼조원이 된 지는 이틀밖에 지나지 않았으면서도 동료애를 느끼고 있는 것이다.

"낭랑! 어떻게 된 거냐?"

장관웅이 잡아먹을 듯이 낭랑에게 다가들며 물었다.

낭랑은 심드렁한 얼굴로 대꾸했다.

"남랑곡 입구에서 구름다리를 건너다 급류에 빠졌을 뿐이야. 별것 아냐."

이번에는 동풍이 물었다.

"낭랑 소저, 괜찮습니까? 다치지는 않았습니까?"

낭랑이나 주소영은 옷이 심하게 찢어지고 핏물이 번져서 많이 다친 모습이다.

더구나 주소영은 진검룡에게 업힌 채 잠들어 있기 때문에 누구라도 다친 것으로 생각할 터이다.

그러나 낭랑은 피곤한 듯한 얼굴로 얼버무렸다.

"조금 피곤할 뿐이야. 괜찮아. 신경 쓸 거 없어."

사실 그녀는 몹시 피곤했다.

조원들은 뭔가 석연치 않은 기분이었으나 낭랑이 피곤해서 그런가 보다 하고 더 이상 캐묻지 않았다.

모두들 모여서 재회의 기쁨을 나누고 있는 중에도 조제 혼자만 저만치에 떨어져서 이쪽의 눈치를 살피며 쭈뼛거리고 있었다.

어젯밤 진검룡이 남랑곡에 낭랑과 주소영을 구하러 간다고 결정했을 때 조제 혼자만 딱 부러지게 가지 않겠다면서 뒤로 빠졌었다.

그런데 묘족 여자들을 모두 무사히 구출했을 뿐만 아니라 진검룡이 낭랑과 주소영마저 데려오는 것을 보자 조제는 입이 백 개라도 할 말이 없는 신세가 돼버렸다.

이제 진검룡이 그를 경혼조에서 축출하면 찍소리도 하지 못하고 나가야만 하는 처지다.

진검룡이 내쫓지 않는다고 해도 앞으로는 얼굴을 제대로 들고 행동할 수 없게 되었다.

진검룡은 조제를 보고도 쓰다 달다 말 한마디 하지 않고 걸음을 옮기기 시작했다.

또한 서릉묘족으로 돌아오는 길에 장관웅은 노골적으로

조제를 사갈시(蛇蝎視)했으며, 동풍과 와평도 그에게 말 한마디 걸지 않았다.

어쨌든 장관웅과 동풍, 와평은 진검룡을 호위한 채 개선장군처럼 서릉묘족으로 돌아왔다.

"진 대인!"

융타우와 을지간, 미미가 집 안으로 우르르 앞서거니 뒤서거니 달려들어 오며 큰 소리로 외쳤다.

그들 뒤로는 융타우의 다른 형제들이 따르고 있었다.

그들은 남랑곡까지 함께 갔다가 돌아온 을지간으로부터 자세한 설명, 즉 진검룡의 활약에 대해서 들었다.

그래서 융타우의 딸 미미와 묘족 여자들을 구출하는 데 가장 큰 공을 세운 사람이 진검룡이라는 사실을 알게 되었다.

그것을 반대로 풀이하면, 진검룡이 아니었으면 미미와 묘족 여자들을 구하지 못했을 것이라는 얘기다.

그들은 사람들로부터 진검룡이 돌아왔다는 말을 듣자마자 만사 제쳐 두고 곧장 이곳으로 달려왔다.

진검룡과 경혼조원은 자신들의 숙소에서 잠시 휴식을 취하고 나서 진원분타로 귀환할 생각이었다가 융타우 등의 방문을 받았다.

진검룡과 경혼조원들이 일어서자 융타우는 진검룡 앞으로 곧장 다가와서 두 손을 덥석 잡으며 더없이 고마운 표정을 지었다.

"진 대인 덕분에 내 딸과 여자들이 목숨을 건졌소! 이 은혜를 어떻게 갚아야 할지 모르겠구려!"

진검룡은 덤덤하게 말했다.

"호 조장의 공이오. 나는 한 것이 없소."

그때 입구에서 호태곤이 들어오다가 그 말을 듣고는 씁쓸한 표정을 지었다.

융타우는 옆에 서 있는 을지간을 가리켰다.

"아우에게 모두 자세히 들었소. 그러니 진 대인께선 겸손하지 마시오."

진검룡은 이들이 귀찮았다. 하지만 사실을 다 알고서 은혜니 뭐니 하는데 어쩌겠는가.

이럴 때는 방법이 한 가지뿐이다. 속히 서룽묘족을 떠나는 것이다.

그는 경혼조원들을 돌아보며 명령했다.

"출발한다."

경혼조원들은 즉시 떠날 차비를 차렸다. 장관웅이 주소영을 업고, 낭랑은 지친 모습으로 진검룡 좌우에 모여들었다.

융타우 등은 크게 놀라 진검룡의 앞을 가로막았다.

"은인을 절대로 이렇게 보낼 수는 없소이다."

그때 와평은 진검룡이 미간을 찌푸리는 것을 발견하고 그가 귀찮아하고 있음을 깨달았다.

"고추가, 서릉묘족은 진원분타의 보호를 받고 있으므로 진원분타의 조원인 우리가 공주와 여자들을 구출한 것은 당연한 일이지 은혜라고 할 수 없소."

와평은 진검룡의 기분을 정확하게 간파했다.

하지만 장관웅과 동풍, 조제는 와평의 말을 이해할 수가 없었다.

진원분타가 서릉묘족을 보호하는 것은 당연하지만, 그래도 이것은 본연의 임무를 떠나서 엄청난 은혜를 베푼 것이 맞다. 그러므로 융타우가 진검룡을 은인으로 여기는 것은 지극히 타당한 일이었다.

"가자."

진검룡이 나직이 명령하고 걸음을 옮기자 경혼조원들이 뒤따랐다.

아직 진검룡에 대해서 잘 모르는 장관웅과 동풍, 조제라고 해도 그가 가면 따라갈 수밖에 없었다.

융타우는 크게 당황해서 진검룡을 재차 가로막으며 묘족 청년들이 들고 온 큰 철궤 하나를 가리켰다.

"그, 그렇다면 우리가 급히 준비한 이것이라도 받아주시오."

진검룡이 힐끗 쳐다보자 융타우는 조심스럽게 말했다.

"약소하지만 감사의 마음으로 은자 오천 냥을 준비했소. 부디 받아주시오, 진 대인."

은자 오천 냥이면 어마어마한 거금이다. 한 가족이 죽을 때까지 펑펑 써도 다 쓰지 못할 정도다.

진검룡을 제외한 진원분타 사람들은 크게 놀라 철궤를 쳐다보았다.

그때 진검룡이 융타우 일행의 뒤쪽에 놀란 얼굴로 서 있는 호태곤에게 물었다.

"호 조장, 서룽묘족의 밀린 보호비가 얼마냐?"

"두 달 치 은자 이백 냥이오."

"그것만 받아가자."

그렇게 말한 진검룡은 성큼성큼 밖으로 걸어나갔다.

"진 대인! 이러시면 안 되오! 잠시 기다리시오!"

융타우와 형제들이 우르르 쫓아 나가며 다급하게 외쳤다.

실내에는 융타우의 딸 미미가 혼자 남아 있다. 그녀는 처음 이 방에 들어왔을 때부터 한순간도 진검룡의 얼굴에서 시선을 떼지 않았었다.

지금 그녀는 눈에 부옇게 눈물이 고이고 입술을 잘근잘근 깨물면서 저만치 문을 나가고 있는 키 큰 진검룡의 뒷모습을 주시하고 있었다.

*   *   *

경혼조원과 탈혼조원들은 추혼향처의 나란히 붙은 편좌방

에서 쉬고 있었다.

편좌방은 가로 칠 장, 세로 오 장의 꽤 넓은 크기이며, 가로 양쪽 끝에는 폭 두 자짜리 간이 나무 침상이 한 자 간격으로 열 개씩, 도합 이십 개가 놓여 있다.

그리고 조원들이 편히 휴식을 취할 수 있는 탁자와 의자, 바둑, 서가(書架) 등이 꾸며져 있으며, 간단하게 취사를 할 수 있는 주방 도구들이 갖추어져 있다.

지금 진검룡을 제외한 경혼조원 여섯 명은 간이 나무 침상에 누워서 꿀맛 같은 잠에 빠져 있는 중이다.

진검룡은 탈혼조장 호태곤과 함께 추혼향주 양구를 따라서 창룡당주에게 경과 보고를 하러 갔다.

주소영은 장관웅에게 업혀서 진원분타로 돌아오는 내내 깊은 잠에 빠져 있었으며, 지금은 낭랑이 자고 있는 옆 침상에 누워서 자고 있다.

나머지 남자 네 명은 맞은편 침상에 띄엄띄엄 누워 있었는데, 그중에서도 조제는 구석 쪽 침상에 누워 있다.

모두들 깊이 잠에 빠져 있는데 조제 혼자만 누워서 멀뚱멀뚱 천장을 쳐다보고 있다.

순간적인 판단 착오로 졸지에 꿔다 놓은 보릿자루 신세가 됐으니 잠이 올 리가 만무하다.

그때 편좌방 바깥에서 추혼향주 양구의 기분 좋은 너털웃음 소리가 들렸다.

"허허허헛! 당주께 이렇게 과한 칭찬을 들은 것이 몇 년 만인지 모르겠군! 모두 자네들 덕분일세!"

몇 사람의 발자국 소리에 이어 양구의 한껏 기분 좋은 목소리가 이어졌다.

"푹 쉬고 사흘 후에 다시 보세!"

그리고 편좌방 문이 열리더니 진검룡이 들어섰다.

웃음소리를 듣고 일어나 앉아 있던 와평이 모두를 깨웠다.

"모두 일어나게! 조장님 오셨네!"

주소영을 제외한 다섯 명이 일어나 진검룡 앞에 일렬로 늘어섰다.

툭!

"당주로부터의 상금이다. 고루 나눠 줘라."

진검룡은 묵직한 돈주머니를 품속에서 꺼내 바로 앞의 와평에게 던져 주었다.

그러자 조제를 제외한 조원들이 와평에게 몰려들어 돈주머니를 열어보라고 성화를 부렸다.

"와아!"

"야아! 이거 은자 아냐? 삼십 냥은 족히 되겠군!"

와평이 돈주머니를 열자 와아, 하는 환호성이 터졌다.

"오늘부터 사흘 동안 휴가다."

진검룡은 그 말을 남기고 몸을 돌렸다.

장관웅이 걸걸한 목소리로 물었다.

"조장! 조제도 주는 거요?"

편좌방의 닫힌 방문 너머에서 진검룡의 목소리가 들렸다.

"그도 경혼조원이다."

대열의 한쪽 끝에 엉거주춤 서 있던 조제의 몸이 움찔 떨리더니 곧 얼굴이 복잡하게 일그러졌다.

조원의 한 달 녹봉은 은자 다섯 냥이다. 은자 삼십 냥을 여섯 명이 나누면 다섯 냥씩이다. 한 달 녹봉을 상금으로 받게 된 것이다.

조원들 각자에게 무슨 사연이 있는지는 모르지만, 이런 촌구석까지 흘러들어 온 이유가 돈을 벌기 위해서라는 점에서는 동일할 것이다.

미시(未時:오후 2시) 무렵에 진검룡은 방갓을 깊이 눌러쓰고 무악네 주루로 들어섰다.

주루 안에는 세 개의 탁자에 손님들 칠팔 명이 앉아서 식사나 술을 마시고 있었다.

무악은 손님 탁자에 막 요리를 내려놓다가 주루 문이 열리는 소리에 돌아보고는 얼굴 가득 환한 표정이 떠올랐다.

"사부님, 오셨습니까?"

그는 한달음에 진검룡 앞으로 달려와서 두 손을 모으고 공손히 허리를 굽혔다.

뭘 모르는 남들이 보면 진검룡과 무악이 진짜 사제지간이라고 오해할 만한 행동이다.

그런데도 진검룡은 무악의 그런 행동과 수선스러움이 그다지 싫지 않았다. 이틀 사이에 그에게 일어난 작은 변화다.

무악의 호들갑에 주방 안에 있던 여인이 조심스럽게 밖으로 나와 젖은 손을 행주치마에 닦으면서 고개를 숙였다.

"오셨어요?"

진검룡은 고개를 끄덕여 주고는 별채로 가려고 뒷문으로 성큼성큼 걸어갔다.

주루 안 구석에 혼자 앉은 한 명의 낯선 사내가 진검룡이 주루에 들어설 때부터 줄곧 날카롭게 주시하고 있었다.

뺨에 손가락 한 마디 길이의 칼자국이 있으며, 약간 길쭉한 얼굴에 강파른 인상인 사내는 깊숙이 가라앉은 눈으로 진검룡을 쏘아보았다.

여인은 급히 종종걸음으로 진검룡을 뒤따르면서 조심스럽게 물었다.

"씻고 계시면 식사를 준비하겠어요."

그리고는 무악을 독촉했다.

"악아, 얼른 목욕물 준비해 드리지 않고 뭘 하느냐?"

큼직한 나무로 짠 목욕통 속에는 뜨거운 물이 넘치도록 담겨 있고, 진검룡은 벌거벗은 몸을 그 속에 담그고 있다.

서릉묘족에 다녀온 일이나 남랑곡을 몰살시킨 일 따위로

피곤을 느낄 만큼 그는 나약한 사람이 아니다.

그런데도 뜨거운 목욕물 속에 몸을 담그고 있으니까 매우 기분이 좋았다.

높은 권좌에서 부귀영화를 누리는 것보다, 이런 목욕통 속에서 편안한 기분에 빠져 있는 것이 훨씬 더 좋다는 생각이 들었다.

그가 혼곤한 나른함에 취해 있을 때 욕실 밖에서 여인의 나긋나긋한 목소리가 들렸다.

"악아, 사부님께 별채에 식사 준비를 해놨다고 말씀드려라."

『대중원』 2권에 계속…

저작권 보호!!

장르문학의 성장에 힘이 되어주십시오.

저작물의 무단 전재와 복제, 불법 다운로드!
이것은 관심이 아니라 무관심입니다!

작가님들은 창의적 열정과 시간을 투자해 자신의 꿈과 생계를 유지합니다.
한 권의 책을 만들어 많은 사람들은 자신의 인생과 미래를 설계합니다.

저작물 속에는 여러 사람의 노력과 희망이 담겨 있습니다!

저작물의 무단 전재와 복제, 불법 다운로드는 여러 사람들의 꿈과 생계를
위협함으로써 장르문학을 심각한 상황에 빠뜨리고 있습니다.

이제는 무관심이 아니라 관심으로 장르문학의
성장에 힘이 되어주세요.

[도서출판 **청어람**은 항시적인 저작권 보호를 통해 장르문학과
여러분의 희망을 지키겠습니다.]

도서출판 **청어람**

조종호 新무협 판타지 소설

十變化身
십변화신

"너는 죽는다."

"……!"

뇌서중은 자신도 모르게 번쩍 고개를 치켜들어 뇌력군을 올려다봤다.

"다시 말해주랴? 난호가 망혼곡에 들어가면 네놈은 반드시 죽는다."

비밀에 싸인 중원 최고의 살수문파 망혼곡(忘魂谷).
그곳에서 십 년 만에 돌아온 화사명은 기억을 지우고
평화로운 삶을 꿈꾸지만,
주위엔 가문을 위협하는 자들이 존재하고 있었으니……

그의 손엔 망혼곡 삼대기문병기
용편검(龍鞭劍), 명혼기수(冥魂起手), 엽섬비(葉閃ヒ).
얼굴엔 서로 다른 열 개의 괴이한 가면.

망혼곡주 십변화신!
그가 일으키는 폭풍의 무림행!

Book Publishing CHUNGEORAM

유행이 아닌 자유추구
WWW.chungeoram.com

백야 新무협 판타지 소설

醉佛狂道 취불광도

「무림포두」, 「염왕」의 작가 백야!
그가 칠 년 동안 갈고닦아 온 역작 「취불광도」!

강호 일신(一神), 검신 한담(邯鄲).
오직 검 한 자루로 무림을 지배하고 다스리는 인물.
강호를 지배하는 또 하나의 손, 또 하나의 검…….

기이한 파계승의 손에서 자란 나정은 스승과 함께 떠난 무림행에서
이십 년 전의 혈난을 만들어낸 금단의 무공을 만나게 되고……

그에게 잠재되어 있던 거대한 힘이 운명의 안배에 따라 깨어난다!

어린 동자승, 나정이 만들어가는 무림 기행!
또 하나의 전설이 이제 시작된다!

Book Publishing CHUNGEORAM

유행이 아닌 자유추구 -
WWW.chungeoram.com